나는 이태리의
시골 며느리

나는 이태리의 시골 며느리

김미화 지음

1판 1쇄 발행 | 2012. 1. 25

발행처 | **Human & Books**
발행인 | 하응백
출판등록 | 2002년 6월 5일 제2002-113호
서울특별시 종로구 경운동 88 수운회관 1009호
기획 홍보부 | 02-6327-3535, 편집부 | 02-6327-3537, 팩시밀리 | 02-6327-5353
이메일 | hbooks@empal.com

값은 뒤표지에 있습니다.
ISBN 978-89-6078-132-0 03810

나는 이태리의 시골 며느리

김미화 지음

Human & Books

목차

제3부 이태리 남자는 바람둥이

이야기를 시작하며

나는 이태리 남자와 결혼했다. 내 나이 서른여섯이었고 당시 해외 여행 인솔자 일을 하고 있었다. 지금의 남편은 이태리에서 함께 일했던 관광 버스기사였다. 이태리, 오스트리아, 스위스, 독일을 거치며 나흘 일정을 함께했다. 투어리더와 기사의 관계를 벗어난 어떤 에피소드도 없었다. 그런데도 독일에서 유럽 여행을 마치고 한국으로 돌아오는 비행기 안에서 너무나 분명히 그 버스 기사가 내가 결혼해야 할 사람이라는 느낌이 들었다. 한 치의 의구심도 들지 않았다.

나는 그 남자와 결혼했다. 나흘 함께 일한 이태리 버스 기사와 결혼한다는 내 말에 주위사람들은 대체로 황당하다는 표정을 지었다. 나는 결혼 후에 이어질 낯선 땅에서의 생활을 전혀 고려하지 않았다. 그래서 내게 결혼 결정은 그다지 어려운 일이 아니었다.

지금 나는 이태리에서 8년째 살고 있다. 내가 사는 곳은 영화 〈글

래디에이터〉의 첫 장면에 나오는 아름다운 토스카나 같은 곳이 아니다. 〈로마의 휴일〉의 배경이 된 위대한 고적지들로 가득한 운치 있는 곳도 아니다. 로마에서 차로 한 시간 정도 남쪽에 있는, 볼거리도 없고 즐길 거리도 없으며 먹거리도 없는 시골이다.

외국인들이 이태리에서의 자신들의 경험을 쓴 책을 몇 권 읽어본 적 있다. 정작 이태리에 사는 내가 그 저자들이 부러웠다. 이태리에서만 경험할 수 있는 것들을 마음을 열고 긍정적으로 활기 넘치게 받아들이고 즐기는 내용이었기 때문이다. 내가 이태리 밖에서 그 책들을 읽었다면 이태리에 가보고 싶어 몸살이 났을 것이다.

하지만 나는 그 책들이 가지고 있는 비현실적인 부분들을 보지 않을 수 없다. 그들의 경우, 애초에 낯설음을 즐기기 위해 이태리에 왔고, 머물고 싶은 곳을 택할 수 있었으며, 그러다 어느 날이라도 원하면 떠날 수 있었다. 그들은 각자 가지고 있는 재능이 이미 돋보이는 이들이었고 그래서 낯선 상황에서 자신의 세계를 발전시키며 새로운 에너지를 충전할 수 있었다.

나도 그런 목적으로 이태리에 살고 있다면 좀 좋으랴, 하고 혀를 쩝쩝거리며 그 책들을 읽었다. 내가 경험하는 현실의 이태리와 정말 비교되지 않을 수 없었다. 이태리 시골 농갓집에 느닷없는 불청객처럼 며느리로 들어가 매일 만나고 경험하는 것은 식구들과 그에 관련된 것들뿐이었다.

집 밖의 세계를 알 기회가 없는 집순이 이태리 아줌마로 살았다. 그러면서도 집 안의 진짜 이태리 사람들과 온전한 식구가 되지 못하는 나는 늘 집 밖의 사람이었다. 몸은 집 안에서 나갈 수 없고, 마음은 집 밖에서 들어오지 못하는 삶이었다.

나는 그냥 집 안의 풍경과 집 밖의 내 마음을 얘기하고 싶다. 엽서 속의 아름다운 이태리가 아닌 평범한 이태리 시골 며느리로 사는 나의 작은 집을 보여주고 싶다.

외로운 병실에서 기타 처줄 이를 생각하다

나는 목적도 없이 항해하듯 살았다. 인생의 길을 잡아야 할 십 대에도 그랬고 꿈을 위해 힘차게 달려야 할 이십 대에도 그랬다. 삼십 대가 되어도 철들지 못했고, 직장 생활도 꾸준히 못했으며, 일터에서도 큰 인정을 못 받았다. 결혼도 못했다. 해외여행 자유화가 시작될 즈음부터는 자꾸 외국으로만 나가고 싶어 했다.

한국인들이 해외여행을 즐기기 시작하던 초창기에 나는 당시 지명도가 높았던 한 여행사를 찾아가 해외여행 인솔자로 써달라고 했다. '영어'를 할 줄 아냐고 물어서 못한다고 했고 해외여행 '경험'이 있냐고 해서 없다고 했더니, 담당자는 정신 나간 여자 취급하며 퇴짜를 놓았다. 대학교에서 문예창작을 전공하고 졸업 후에도 전공과 관련된 일들을 했었지만, 어떤 것도 꾸준히 하지 못했다. 글로 성공하지 못하리라는 걸 자타가 인정했고, 무엇보다도 항상 뭔가 체한 듯 답답했다.

그로부터 13년이 지나 다시 여행사를 찾아갔다. 여행사 사장님이 직접 영어로 인터뷰를 했다. 캐나다에서 2년 동안 놀면서 귀동냥한

'영어'로 랭귀지스쿨의 수업료를 내는 대신 그 돈으로 여행한 '경험'을 밑천 삼아 인터뷰를 통과했다.

그렇게 오래전부터 하고 싶어 했던 해외여행 인솔자가 되었다. 갑자기 몸에 딱 맞는 옷을 입은 것처럼 마음이 편해졌다. 여행을 공짜로 하고 돈까지 벌 수 있어서 좋았다. 출장이 없는 날은 자유롭다는 것도 좋았다. 새 직업을 즐기느라 삼십 대 후반에 이르도록 대책 없는 싱글로 지내고 있었다. 그러다 망치로 머리를 한 대 얻어맞는 것 같은 일이 생겼다.

교통사고를 당한 것이다. 아주 이른 새벽, 첫 손님으로 버스에 탔는데 손잡이를 잡기도 전에 버스 기사가 난폭하게 핸들을 꺾는 바람에 버스 맨 앞 좌석의 팔걸이에 옆구리를 심하게 부딪쳤다.

짧은 비명을 한 번 지른 후 너무 아파 주저앉아 버렸는데 운전기사는 자기 일진 재수 없는 것만 투덜거리며 돈 좀 줄 테니 그냥 넘어가면 안 되겠냐고 했다. 그때 내게 보호자가 있었다면 그 기사의 턱을 날려 버렸거나 그런 몰상식한 태도를 보이지 못하게 했을 것이다. 아픈 와중에도 그런 생각을 하며 분해서 입술만 더 깨물었다.

운전기사는 내가 당장 몸을 움직일 수 없는, 그로서는 정말 재수 없는 상태임을 보고 다른 손님을 태우지 않고 달려 어느 작고 후진 정형외과로 나를 데려갔다. 그의 등에 업혀 병원에 들어간 것도 싫었고, 병원 안의 후줄근한 분위기도 싫었다. 의사가 아직 출근 전이라 X-레이만 먼저 찍자고 해서 들어간 X-레이실에선, X-레이 찍는 일만 배운 모양인 능글맞은 분위기의 중년남자가, 병원 가운만 달랑 입고 있는 나를 돕는 척하며 분명히 성추행에 해당할 터치를 해왔을 때는 몸서리가 쳐졌다. 계속 이어지는 악몽 같은 상황에 나는 무엇을 어떻게 조치하면 좋을지 알 수가 없었다. 백치가 된 것 같았다. 이럴 때 든든한 보호자 하나 없다는 것이 속상했다.

의사가 출근했고, X-레이 결과 다행히 뼈가 다친 게 아니라서 한 달 입원이 결정돼 나는 바로 입원실로 보내졌다. 내 담당 간호사는 쌀쌀맞았다. 화장실 갈 때 나를 부축해 주는 것에 짜증을 내며 왜 보호자가 빨리 오지 않냐고 쏘아붙였다.

보호자. 내게 보호자라면 당연히 부모님이 계시지만, 그분들은 당시의 내 상황에 맞는 보호자가 되지 못하셨다. 아니 노부모님에겐 자식이 오히려 보호자가 되어드려야 했다. 내 부모님은 이제 아픈 나를 돌봐주고 화장실 가는 것을 부축하는 일조차 부탁하기 힘든 보호자였고, 교통사고 피해자인 나를 대신해 합법적인 사고처리 수습을 해줄 수도 없는 보호자였고, X-레이실에서의 피해에 대해서도 이야기하기 힘든 보호자였다.

이런 생각으로 나는 보호자 없는 병원 생활을 계속했다. 무엇보다 뼈도 안 다친, 사실 가벼운 사고인데 노인네들 심장만 상하게 할 것 같아 적당히 둘러대며 집에 못 들어간다고 알렸다. 한 달에 보름 이상을 집 밖에서 보내는 직업이라 내가 안 들어가도 부모님이 그리 이상히 여길 이유는 없었다.

병원은 매일 시끄러웠다. 아니 대한민국이 온통 시끄러웠다. 서울에서 월드컵 경기가 벌어지던 때였다. 목, 팔, 다리 등 다양하게 깁스한 환자들이 병원의 작은 휴게실 TV 앞에 빽빽이 모여 앉아 환성을 지르며 대한민국을 응원했다. 나는 병실 밖의 요란한 함성을 들으며 침대 위에서 흰 벽 쪽으로 돌아누워 주르륵 주르륵 눈물만 흘렸다.

외로웠다. 스스로 판단해서 부모님과 친구에게 연락하지 않고 혼자 있는 것인데도, 내 담당 간호사가 보호자를 부르라고 할 때 편히 부를 수 있는 이가 없다는 게 슬프고 외로웠다. 외로움의 망치를 맞고 보니 외롭지 않았다고 얘기했던 게 거짓으로 드러났다.

병원에서 외롭게 있으려니, 외로운 병실에서 기타를 쳐주던 남자를 사랑하는 노래의 가사가 많이 공감됐다. 내가 좋아하는 가수 심수봉 씨는 정말 아파 본 이고 그래서 아픈 이에게는 기타를 쳐주며 위로하고 다정하게 대해주는 것 이상의 것이 없음을 알고 있었던 것이다. 이제 나에게도 기타를 쳐줄 이가 필요해졌다. 나를 위로해주고 다정하게 대해 줄 그런 이.

대한민국 축구팀이 4강까지 올라가면서 최고조의 열광이 온 한국 땅을 흔들어대고 있을 때, 나는 결심했다. 병원에서 퇴원한 후 내 마음을 여는 첫 남자와 결혼하기로. 내 엉터리 인생을 보듬어 주고 지금부터 새로 시작할 수 있다고 위로해 주고 쉽게 바꾸기 힘들 내 어처구니없는 모습에 절대 화내지 않고 무조건 다정하게 대해 줄 그런 남자여야 했다.

그리고 나는 퇴원 후 한 달도 안 돼 그런 남자를 만났다.

나를 다치게 한 버스 기사, 나를 사랑한 버스 기사

버스 기사의 실수로 병원 신세를 지면서 결혼을 생각하게 되었는데, 내가 결혼하게 된 남자의 직업이 버스 기사라는 것이 스스로 생각해도 아이러니하다. 퇴원한 후 나는 해외여행 인솔자 일을 계속할 의욕도 없고 사고 후유증 때문에 일을 할 만한 컨디션도 아니었다. 이런 사정을 한 여행사 친구에게 이야기했더니 호주 여행사 사무실에서 근무할 수 있도록 도와줄 수 있다고 했다. 나는 호주로 가기로 마음을 먹었다.

커리어우먼도 아닌 데다 마흔을 바라보는 노처녀가 한국 사회에서 얼마나 궁상맞게 보이는지 잘 알고 있기에 오히려 결정 내리기가 쉬웠다. 그런데 내 통장에 남은 잔액으로는 무작정 호주라는 미지의 곳을 향하기에 불안했다. 여윳돈이 조금 더 필요했고, 그 문제를 해결하기 위해 그만두기로 작정했던 해외여행 인솔자 일을 다시 하는 수밖에 없었다. 마지막으로 한 번만 더 출장을 다녀오기로 했다. 여행사에 연락해 출장 스케줄을 받았다. 북유럽 출장이었다. 아직 통원 치료가 끝난 것이 아니라 옆구리가 쑤시고 아팠지만 마지막이라는 생각으로 출장을 갔다.

러시아를 거치는 북유럽 일정이었다. 러시아에서 핀란드로 가는 열차에서 러시아 경찰의 어이없는 협박에 속아 200달러를 털리고 말았다. 러시아에서는 열차 탑승 전 여행 기록 카드에 자신이 가지고 있는 현금 액수를 적게 되어 있는데 손님들에게는 정확하게 적으라고 으름장까지 주고 나서 정작 나는 대충 적은 게 화근이었다.

열차 검열 경찰이 손님 한 사람 한 사람 기록 카드와 가지고 있는 현금을 조사했고, 나는 아차 싶었지만 이미 작성한 액수를 코앞까지 다가온 경찰 눈을 피해 수정할 수도 없었다. 일일이 돈을 세어 기록 카드 액수와 비교하는 경우를 당해본 적이 없어서 나는 더더욱 당황스러웠다.

경찰은 투어리더인 내가 정직하게 적지 않았기 때문에 우리 여행 그룹이 러시아 국경을 넘을 수 없다고 협박했다. 어수룩하게 순진한 나는 정말 그렇게 할까봐 얼굴이 하얗게 질렸고 경찰을 열차 객실과 객실 연결 칸으로 데리고 가 봐달라고 사정했다. 러시아 경찰은 남녀 이인조였는데, 차갑고 도도하게 절대 봐줄 수 없다고 했다.

"What can I do?"

내가 최대한 불쌍한 표정을 지으며 물었더니, 여자 경찰이 기다렸다는 듯이 200달러의 벌금을 내면 된다고 했다. 그 돈이 곧장 그 경찰들의 주머니로 들어갈 돈이라는 걸 알았지만, 내가 맹하게 처신한 대가로 줄 수밖에 없었다. 국경을 통과시키건 말건 맘대로 해보라고 호기를 부릴 배짱이 생기지 않았다. 나중에 다른 투어리더들에게 이 얘기를 했더니 여행 기록 카드 문제로 국경을 넘지 못한다는 말도 안되는 사기에 속은 나를 비웃었다.

여하튼 그렇게 러시아 국경을 넘은 후 핀란드-스웨덴-노르웨이 일정을 마치고 한국으로 돌아왔지만 러시아 열차 사건을 내 투어리더의 마지막 기억으로 남기고 싶지 않아졌다. 때마침 북유럽 출장을 다녀오자마자 여행사에서 서유럽 출장을 가라고 연락이 왔다. '마지막 딱 한 번 더'라는 생각으로 출장을 가기로 했다. 마음속으로 이 출장이 정말 마지막이라고 스스로에게 거듭 못 박았다. 더 이상 돌아다니지 않고 한곳에 머물고 싶었다. 나를 머물게 해줄 남자를 빨리 찾아야 할 마당에 계속 일 때문에 돌아다닐 수는 없었다.

서유럽 출장은 영국-프랑스-이태리-오스트리아-스위스-독일 일정이었다. 호주 갈 비행기 티켓 값을 벌자는 계획은 서유럽 땅을 밟자마자 망가지기 시작했다. 내가 언제부터 계획하며 살았냐는 본래의 습성으로 돌아와 유럽 땅 또 언제 오랴 싶어 쇼핑 삼매경에 빠져버린 것이다.

런던에서 버버리 코트를 사고, 파리에서 고급 화장품을 사고, 베니스에서는 유명브랜드 선글라스를 샀다. 나중에 일정을 마치고 한국에 돌아왔을 때 번 돈과 쓴 돈을 계산해 보기가 너무 쉬웠다. 지갑이 텅 비어 있었으니까. 그러나 마음에는 한 남자가 꽉 채워져 있었다.

그 남자를 만난 건 영국과 프랑스 일정을 마치고 이태리에서의 일정을 진행할 때였다. 이태리는 서유럽에서 제일 볼거리가 많아 로마, 나폴리, 피렌체, 베니스, 밀라노를 사흘에 걸쳐 보는데, 로마와 나폴리 일정을 마친 다음에는 LDC(Long Distance Coach)라고 명하는 코스가 시작된다. 같은 버스로 이태리 북쪽 코스인 피렌체와 베니스를 거쳐 오스트리아, 스위스, 독일까지 나머지 일정을 마치는 것이다.

LDC가 시작되는 날 아침, 호텔 밖에 우리 여행 그룹이 나흘 동안 이용할 버스가 대기해 있었고, 난 로비에서 손님들에게 버스에 승차하라고 한 후 프론트 데스크에서 그룹 체크아웃을 마무리했다. 체크아웃이 끝나고 내 슈트케이스를 끌고 호텔 로비문을 나오니 기다리고 있던 LDC 버스 기사가 다가와 인사하며 내 여행 가방을 들어 버스 짐칸에 실었다. 나는 기사의 얼굴도 제대로 쳐다보지 않고 건성으로 인사 한마디만 툭 던지고는 서둘러 승차했다. 바로 그 기사가 지금의 남편이다.

그는 내가 그를 만난 첫날 내내 그를 제대로 쳐다보지조차 않아 내심 서운했었다고 신혼여행 때 털어놓았다.

로마에서 피렌체까지는 한국인 현지 가이드가 안내를 했고 피렌체부터는 투어리더인 나 혼자 오스트리아와 스위스 일정을 진행해야 했다. LDC 둘째 날 베니스에서 오스트리아 인스부르크까지 가는 일정에서 버스 기사와 일정에 관한 얘기들을 나누어야 했다. 그때 처음으로 버스 기사의 얼굴을 제대로 쳐다보았다. 그의 얼굴은 한마디로 '컨트리'였다. 햇볕에 탄 순박한 농부의 이미지가 강했다.

그런데 참 이상한 느낌을 받았다. 그가 운전하다 내게 뭔가 묻기 위해 '미화' 하고 내 이름을 부를 때 그 음성이 참 따뜻하게 들린 것이다. 이태리 버스 기사들이 실없는 관심을 보이며 장난스럽게 꼬실 때는 종종 있지만, 내 이름을 따뜻하게 불러준 이 기사는 뭔가 확실히 다르다는 느낌을 받았다. 병실에 혼자 누워 있을 때 누가 나를 따뜻하게 불러주었으면 하고 눈물 흘렸었는데, 그가 따뜻한 목소리로 나를 부른 것이었다. 나는 마음속으로 '내 남편은 저렇게 나를 따뜻하게 부르는 사람이어야 해' 하고 생각했다.

인스부르크 호텔에 도착했을 때 그가 내게 주스 한 잔 같이 하지 않겠냐고 물었다. 나는 투어리더로 여러 나라를 다닐 때 현지 가이드가 남자인 경우엔 가볍게 한 잔 하자는 제의를 늘 거절했었다. 그래서 남자 현지 가이드들은 나를 아주 재미없는 투어리더라고 빈정거리듯 놀리곤 했다.

한국인 남자 가이드와도 일정 후 사적으로 음료 한 잔 안 마시니 이태리 버스 기사가 주스를 마시자고 했을 때 당연히 "노"라고 했어야 하는데, 이상하게 그러고 싶지 않았다. "오케이"라고 대답하고 호텔 직원에게 호텔바가 어디 있냐고 물었더니 이미 문을 닫았다고 했다. 인스부르크 호텔이 산꼭대기에 있는 산장 호텔이어서 일반 호텔처럼 늦게까지 바를 운영하지 않았던 것이다. 피곤해서 빨리 자고 싶기도 해서 오히려 잘됐다 생각하고 그에게 다음 날로 미루자고 했다.

프론트 데스크에서 룸키를 받아 내 룸을 열고 있는데, 그가 내 옆방 앞에서 룸키를 돌리고 있었다. 다시 약간 멋쩍은 인사를 나누고 방으로 들어온 후 피곤해서 침대에 푹 쓰러졌는데 옆방에서 샤워하는 소리가 마치 내 방 욕실에서 들리듯 크게 들렸다. 유럽 호텔의 건물들은 방 사이의 방음이 잘 안 되어 있어 옆방에서 내는 소리들이 너무 잘 들리는 게 흠이었다.

나는 샤워하고 싶지가 않아졌다. 내가 샤워를 하면 그가 그 소리를 다 들을 거고 내가 샤워하는 장면을 상상하게 될 것 같았다. 나는 그대로 잠들어 버렸다.

다음 날 오스트리아에서 스위스로 가는 동안은 장시간 이동이라 손님들이 다 잠들었고 나는 기사 옆 보조 의자에 앉아 그와 말동무를 했다. 장시간 이동 중에 졸지 말라고 기사에게 일부러 말을 시키는 경우도 있지만, 이번만은 왠지 그냥 얘기하고 싶은 마음이 들었다. 여행 일정에 관한 건 그가 워낙 프로라 말할 필요도 없이 서로 통했다. 그러나 사적인 내용들은 서로 아주 쉽게 얘기해야만 했다. 그는 영어를 거의 못하고, 나는 이태리어를 아예 못했으니까.

"Boyfriend?"

그가 물었다. 내가 없다고 하자 좋은지 웃었다.

"Smoke?"

그가 다시 물었다. 많은 여자 투어리더들이 담배 피우는 것을 알고 있기에 묻는 거였다. 담배 피우는 여자 투어리더들은 손님들이 안 보는 틈틈이 숨어 피곤 하는데, 내가 안 피우는 걸 알고서 하는 질문이었다. 내가 "노"라고 대답하자 "굿" 하며 또 미소를 머금은 표정을 지었다.

"Italian boyfriend, you mamma papa angry?"

만약 이태리 남자 친구가 생기면 내 부모님이 화내실지 물었다. 이 질문으로 그가 내게 관심이 있다는 확신을 얻었다. 순간 당황스러웠지만 솔직히 기분은 좋았다.

"나는 나이가 많아. 내게 남자 친구가 생기면 한국인이건 외국인이건 우리 부모님은 좋아하실 거야."

그는 만족스러운 표정을 감추지 않았다. 내게 몇 살이냐고 물었고, 서른여섯이라고 했더니 못 믿겠다며 여권까지 보자고 했다. 나도 그의 나이를 물었더니 나보다 겨우 한 살 많았다. 그는 나이보다 더 들어 보였다. 그의 나이로 보면 이미 결혼하고 아이도 있을 법했지만 나는 그가 나처럼 싱글이고 짝을 찾고 있는 중이라는 확실한 느낌을 받았다. 그의 몇몇 질문에 대한 대답이 다 '노'였다가, 오늘 일정 마치면 주스라도 같이 마시자고 물어왔을 때는 '예스'로 대답했다. 그 '예스'에는 설렘이 담겨 있었다.

* 남편은 한국 그룹과 많이 일해 버스에도 'HAN KUK(한국)'이라고 아예 써서 다녔다.

나흘 만에 싹튼 사랑, 그리고 아리베데르치

스위스 호텔바에서 그는 주스를 시키려 했고 나는 맥주를 마시자고 했다. 나는 술을 마시기도 전에 취한 것처럼 행동하고 있었다. 스위스 산장 호텔은 투어리더와 버스 기사에게 무료 음료권을 주었다. 나는 버스 기사에게 음료 값을 지불하게 하고 싶지 않았는데 무료 음료권을 이용하게 되어 잘됐다 싶었다.

나는 우선 미안하다는 사과를 했다. 그날 스위스 인터라켄 일정 중에 내 미숙함으로 그를 1시간이나 기다리게 한 일에 대한 사과였다. 인터라켄 역에서 산악 열차를 타고 올라가 산 정상의 만년설 덮인 곳에서 손님들에게 자유시간을 주었는데, 손님들이 아름다운 눈동산에 홀딱 반해 다들 동심으로 돌아가 눈싸움을 하느라 정해준 시간에 모이질 않았던 것이다.

산소도 부족한 고지대에서 현기증 나도록 모이라고 소릴 질러도 손님들은 말 안 듣는 아이들처럼 내 목소리를 듣는 둥 마는 둥 했고 겨우 불러 모았을 때는 하산하는 기차 시간이 거의 임박해 있었다.

고지대에서 뛰면 숨이 가빠져 위험하지만 나는 손님들에게 기차 타는 곳까지 뛰라고 할 수밖에 없었다. 고지대라서 느긋하게 움직이고 있던 다양한 국적의 여행객들이, 제정신이 아닌 듯 때 지어 뛰는 한 동양인 그룹을 그곳의 또 다른 볼거리인 양 쳐다보았다.

숨 가쁘게 우리 그룹이 기차 출발 지점에 도착했을 때 기차가 막 움직이고 있었다. 만약 그 산악 열차가 이태리 일반 열차였다면 정해진 시간보다 늘 늦게 떠나니까 일부러 늦게 도착해도 기다렸어야 될 테지만, 시계의 나라 스위스는 시간 지키는 걸 자존심처럼 여기는 나라였다.

손님들이 늦게 모이는 바람에 놓친 열차라 아무도 내게 책임을 묻는 이는 없었지만 여행 중 일어나는 모든 사고는 일차적으로 투어리더 책임이었다. 열차 직원에게 우리 그룹이 언제 다음 열차를 탈 수 있냐고 물었더니 다행히 한 시간 후에 탈 수 있다고 했다.

손님들에게 다시 한 시간의 자유시간을 줬다. 그러나 이번엔 기차가 출발하는 플랫폼 바로 근처 미니바를 벗어나지 못하게 했다. 그러고 나서 나는 버스 기사에게 전화를 걸었다. 버스 대기 시간을 1시간 뒤로 미뤄야 했기 때문이다.

기사는 싫은 소리 한마디 안 하고 '오케이'라고 대답했다. 걱정하지 말라며 오히려 나를 안심시켰다. 보통 기사 같았으면 짜증을 냈을 텐데도 아무 일도 아니라는 듯, 미안하다는 내게 오히려 괜찮다고 위로까지 해주는 것이 다른 기사와는 달라도 너무 달랐다. 아니 일반적인 남자와도 달랐다.

해발 삼천 미터가 넘는 스위스의 산꼭대기에서 그와 전화통화를 끝내고 공중전화 수화기를 내려놓을 때 마음이 따뜻해지는 게 느껴졌다. '내 남편도 내가 무슨 실수나 잘못을 하건 늘 괜찮다고 나를 감싸주고 위로해 주는 사람이어야 해' 하고 생각했다.

한 시간 후 열차를 타고 알프스 산을 내려오는데 창밖의 그림 같은 풍경 위로 한 남자의 얼굴이 자꾸 겹쳤다. 내가 대체 왜 이러는 거지, 몇 번이고 스스로를 다그치며 고개를 절레절레 흔들어야 했다.

그래서 그날 밤 스위스 산장 호텔에서 주스를 시킬 수가 없었다. 자꾸 이상해지는 내 마음을 들키지 않으려면 알코올의 도움이 필요했기 때문이었다. 호텔바 테이블을 사이에 두고 마주 앉으니 그의 얼굴을 가까이서 볼 수 있었다. 그의 얼굴에서는 여전히 '컨트리, 농부의 아들' 이미지만 선명했다.

"투어리더 일이 피곤해. 산과 바다가 있는 곳에 가서 쉬고 싶어."

맥주를 잘 마시는 것처럼 쭉 들이켜고 내가 말했다. 이번 여행을 마치고 호주로 갈 예정이라는 말은 하지 않았다.

"내가 사는 집이 산하고 바다하고 아주 가까이 있어. 내 집으로 휴가 와서 쉬어."

농담으로 하는 얘기라 여기고 나는 장난스러운 목소리로 생각해 보겠다고 했다. 나는 그에게 일 안 하는 날엔 뭘 하느냐고 물었다.

"버스 정비하고, 버스 청소하고, 은행 가고, TV 보고…… 그런데 혼자 TV 보는 건 재미없어."

TV 혼자 보는 게 재미없다는 말이 결혼해서 아내와 함께 보고 싶다는 말로 들렸다. 이 사람은 여자를 사귀면 그저 연애를 해보려는 게 아니라 결혼을 생각하며 선택할 사람이라는 생각이 들었다.

긴장한 탓에 잘 마시지도 못하는 맥주를 벌컥벌컥 마셔 금세 비워 버렸다. 일정을 끝낸 피곤함에 맥주를 급히 마셨더니 졸음이 쏟아졌다. 나는 그와 얘기를 더 나누고 싶었지만 쏟아지는 졸음 때문에 자러 가야겠다고 일어섰다. 내 방으로 와서 스위스의 뽀송한 양털 이불 안으로 들어가 곧장 깊게 잠들었다. 내가 잠에 빠져들었을 그때, 그는 자신의 방에서 몇 차례나 내게 전화하고 싶어 수화기를 들었다 놓았다 했었다고 한다.

다음 날은 유럽 일정을 마치고 한국으로 돌아가는 날이었다. 투어리더들에겐 일정 중 제일 신나는 날이었다. 그러나 난 알 수 없는 감정에 휩싸여 아쉬워하고 있었다. 이른 아침 스위스 알프스 산기슭의 공기는 참으로 상쾌했다. 호텔 앞에 버스를 대기시켜 놓고 서 있는 기사를 보니 내 아쉬운 마음이 어디에서 비롯된 건지 분명히 느껴졌다. 난 손님들의 가방들을 버스 짐칸에 싣는 그를 손님 가방들을 체크하는 척하며 슬쩍 쳐다보았다.

스위스에서 독일로 가서 하이델베르크를 보고 프랑크푸르트로 이동해서 간단한 시내 관광 후 프랑크푸르트 공항에서 한국행 비행기를 타야 했다. 버스 안 투어리더 자리인 오른쪽 앞자리에 앉은 나는, 나도 모르게 자꾸 버스 기사 쪽으로 고개가 돌아갔다.

그가 운전하면서 버스 핸들을 한 번씩 쓰다듬는 것을 보았다. 마치 말을 타고 달리며 한 번씩 사랑스럽게 쓰다듬어 주는 것처럼. 크고 투박해 보이는 손으로 차의 핸들을 살아 있고 사랑하는 그 무엇처럼 다루는 모습에 다시 한 번 남다른 인상을 받았다. 병원에서 얼마나 나를 쓰다듬어 줄 손길을 그리워했는가. 나의 불민한 삶을 감싸

주고 약해지려는 마음을 격려해 줄 따뜻한 손길을 얼마나 생각했었나. 크고 투박한 손이 쓰다듬는 그 작은 움직임에서 그가 따뜻함이 넘치는 사람이란 걸 느꼈다. 나의 느낌이라는 것이 사실과 어긋날 때도 많지만 그에 대한 느낌은 누가 내게 확실히 전달하는 일종의 메시지 같았다.

프랑크푸르트 공항을 가기 바로 전 마지막 일정은 한식당에서 식사하는 것이었다. 투어리더는 항상 버스 기사와 한 테이블에서 먹게 되어 있는데 그가 매운 순두부찌개와 돼지불고기를 잘 먹는 것도 보기 좋았다. 이제 곧 헤어질 시간이라 무슨 말이건 몇 마디라도 좀 나눠보고 싶었지만 어떤 말을 해야 될지도 모르겠고, 서로 언어가 잘 통하는 사이도 아니고 해서 그저 아쉬운 마음만 더 선명해졌다. 몇 시간 뒤의 이별이 내 마음을 흔들었다.

그가 내 마음을 읽었는지 내게 언제 유럽으로 다시 출장 오냐고 물었다. 다음에 나오면 다시 같이 일하자고 했다. 난 잘 모르겠다고 했다. 내가 한 달에도 몇 번씩 유럽으로 나오는 유럽 전문 투어리더가 아니라서 다음 스케줄은 알 수 없다고 대답했다. 한국으로 돌아가 짐 싸서 바로 호주로 갈 예정이라는 말은 할 수 없었다.

갑자기 나는 이태리어인지 스페인어인지 모를, 노래 가사로 들은 작별 인사 '아디오스'가 떠올라 '아디오스!'라고 미소를 담아 말했다. 그 말에 그가 순두부찌개를 먹던 숟가락을 조용히 내려놓더니 진지한 표정으로 내게 말했다. '아디오'(아디오스는 스페인어였다)는 다시 만날 예정이 없을 때 하는 인사이고 다음에 다시 만나자고 할 때의 인사는 다르다고 했다.

"아리베데르치."

내가 그에게 배운 첫 번째 이태리어였다. 아리베데르치.

공항으로 가면서 나는 마음속으로 '아리베데르치'란 단어를 계속 중얼거렸다. 공항이 눈에 보이기 시작할 때 마음이 아파오려고 할 정도로 서운해지는 감정을 수습하느라 애를 써야 했다. 그는 처음 만났을 때부터 마지막까지 한결같은 침착함을 유지하고 있었다. 드디어 공항에 도착했고 바로 떠나야 하는 버스 기사에게 마지막 인사를 했다. 그에게 악수를 청하며 그의 눈을 바라보고 또랑또랑하게 말했다.

"아리베데르치!"

1분 국제 통화

프랑크푸르트에서 한국까지 10시간 비행 동안 내 머릿속엔 버스 기사 생각만 가득했다. 그저 나흘간 같이 일했을 뿐인데 그에 대한 생각이 멈추지를 않았다. 내 이름을 다정하게 불러주던 목소리, 스위스 알프스 산 정상에서 기차 놓쳐 1시간 늦겠다고 했을 때의 그의 따뜻한 반응, 버스 핸들을 크고 투박한 손으로 부드럽게 쓰다듬던 모습들이 나를 흔들어댔다.

다들 자는 와중에도 잠 못 이루고 그만 생각했다. 맥주 마시며 잘 통하지도 않는 대화를 몇 마디 주고받았을 뿐인 남자를. 정말 10시간 내내 지치도록 그만 생각하다 인천공항에 도착했다. 손님들과 헤어진 후 곧장 공항 서점으로 갔다. 이태리어 회화책을 샀다. 공항버스로 내가 사는 동네까지 오는 동안 그 회화책을 들춰 보았다. 왕초보자를 위한 책이어서 이태리어 밑에 한국어 발음을 달아 놓았는데 발음을 따라해 보니 너무 생소한 소리들이고 영어의 부드러움과는 대조적이었다. 갑자기 낯선 언어에 관심을 가져보려니 한숨이 절로 푹 푹 나왔다.

집에 도착해 여행 가방을 방 한구석에 던져두고 공항에서 이태리어 회화책과 함께 구입한 국제전화카드로 이태리에 전화를 걸었다. 내 손에는 이태리어 회화책의 '인사' 부분이 펼쳐져 있었다. 전화 연결음이 들리자 마음이 콩닥거렸다. 그가 전화를 받았다.

"나, 미화야."

내가 말하자 그는 무척 놀란 목소리로 흥분하며 인사를 받았다. 내 전화를 반가워해 주는 반응에 기분이 좋아져 회화책을 보면서 안부를 물었다.

"꼬메 스타이?"

내가 이태리어로 안부를 묻자 그는 더 놀라워했다.

"오, 맘마미아!"

'맘마미아'는 '내 어머니'라는 뜻이지만 이태리 사람들은 놀랄 때마다 '아이고, 엄마야!' 하고 습관적으로 말한다. 그가 영어의 "Fine, Thank you"에 해당하는 "베네, 그라찌에"라고, 회화책에 나온 대로 대답했다.

"도베 스타이?"

회화책의 다른 페이지를 넘겨 '어디에 있느냐'는 뜻의 단어로 물었다.

"스위스 제네바."

내가 프랑크푸르트에서 서울로 오는 10시간 동안, 그는 프랑크푸르트에서 스위스 제네바까지 빈 차로 혼자 달렸던 것이다. 다음 여행 그룹을 제네바에서 미팅하는 스케줄이었다. 비행기에 10시간 그냥 앉아 온 나도 이렇게 피곤한데 10시간 혼자 운전하는 건 얼마나 힘들까, 하며 처음으로 버스 기사의 일이 힘들다는 걸 실감했다.

그는 내게 언제 유럽으로 출장 오냐고 물었다. 나는 모르겠다고 대답했다. 여기까지 얘기했더니 무슨 얘기를 더 해야 될지 알 수 없었다. 회화책을 급하게 뒤적여 봐도 적절히 활용할 만한 문장이 없었다. 그래서 영어로 "다음에 또 전화할게" 하고 말한 후 전화를 끊었다.

피곤이 한꺼번에 몰려들었다. 10시간 비행 동안 한잠도 못 잔 데다 유럽과의 시차 때문에 몸이 아직도 비행 중인 듯 붕 떠 있는 것만 같았다. 누워서 이태리 회화책을 더 뒤적거리다 잠이 들었다.

그날 이후로 매일 그와 통화하기 시작했다. 내가 걸거나 그가 걸거나 하며 통화를 했는데 우리 대화는 늘 1분을 넘기질 못했다. 전화요금 아끼려고 일부러 짧게 통화한 것이 아니라 서로 말이 잘 통하지 않으니까 매일 묻는 것만 또 묻고 또 묻고 하는 우스운 대화였다.

병원 입원실에서 병원 밖으로 나간 후 내 마음을 여는 첫 번째 남자와 결혼해야겠다고 다짐했었는데, 그가 내 마음을 처음 열었던 것이다. 그렇다면 결혼해야 했다. 하지만 그가 내 남편이 될 의사가 있는지 알아보려 해도 너무 멀리 떨어져 있었다. 서로 말도 안 통하는데 만나지도 못하는 거리에 있으니 답답하기 짝이 없었다. 그가 한국으로 놀러 오겠다고 전화로 얘기는 했지만 언제 올지 확실하지도 않았다. 그가 내 남편 될 사람이 아니라면, 잘 알지도 못하는 남자를 생각만 하며 매일 유치한 통화나 하는 걸 멈춰야 한다는 판단이 들었다.

결국 내가 이태리로 가는 수밖에 없었다. 가서 만나보고 나와 결혼할 건지 물어보기로 했다. 그런 생각에 이르자 지체하지 않고 로마행 비행기 티켓을 예약했다. 하고 싶은 일은 머뭇거리지 않고 해버리는 내 성급한 성격이 내 삶의 수없이 많았던 실수들의 원인이기도 했지만, 때로는 나를 용감하게 만들어 줄 때도 있었다.

　프랑크푸르트에서 그와 헤어지며 '아리베데르치'라고 인사한 지 한 달도 안 돼 나는 로마행 비행기를 탔다.

100시간 만에 그를 만나다

호주로 가는 비행기 안에 있어야 할 내가 호주와는 정반대 방향으로 날아가는 비행기 안에 있었다. 로마행 티켓 중 가장 싼 걸 택했다. 태국과 싱가포르를 거쳐 가는 일정이었다. 나는 투어리더 일을 하고는 있었지만 늘 비실비실 약골이라 비행하는 걸 무척 피곤해했고 투어리더 일을 끝내고 한국에 돌아오면 며칠 동안은 거의 골골거리며 누워 있어야만 했다. 그런데 내가 일부러 세 번이나 비행기를 갈아타는 피곤한 비행을 하고 있는 것이었다. 잘 모르는 외국 남자에게 나와 결혼할 생각이 있는지를 물어보려고.

막상 로마로 가는 비행기 안에 있으려니 내가 늘 그렇듯이 또 앞뒤 없이 행동하고 있구나 하는 생각이 들었다. 그가 나를, 내가 기대하는 만큼 반겨주지도 않고 결혼 따위는 생각지도 않는다면 내 꼴이 정말 한심해지게 생겼다. 이에 대한 대책이 필요했다. 그를 만나 그의 의사를 파악해 본 후 아니다 싶으면 바로 동유럽으로 올라가 배낭여행을 하는 게 내 대책이었다.

현금은 거의 없었지만 비자카드가 있었다. 이번 여행으로 호주갈 준비금이 우스워질 정도로 적어져도 당장은 신경 쓰지 않기로 했다. 내가 언제 계획하며 살았냐, 습관처럼 속으로 중얼거리며.

그런데 또 다른 문제가 생겼다. 내가 로마행 비행기 티켓을 예약한 후 그에게 알렸고, 그는 내가 오는 날부터 며칠 동안 일을 하지 않겠다고 약속을 했었다. 하지만 로마로 떠나기 이틀 전에, 갑자기 그가 일하는 여행사에서 일을 해달라고 사정을 하는 바람에 어쩔 수 없이 내가 오기로 되어 있는 날 일을 하게 되었으니 날짜를 며칠 연기해서 올 수 없냐는 것이었다. 나는 티켓을 산 여행사로 연락해 날짜 변경을 알아보니 계속 만석이라 거의 보름이나 지나서야 예약할 수 있는 상황이었다.

보름. 기다릴 수 있는 기간이 아니었다. 그냥 떠나기로 결정했다. 그러니까 내가 로마에 도착하더라도 그를 만나려면 사흘을 더 기다려야 했다. 이 삼 일간을 해결하기 위한 내 대책은 로마에서 그리스 아테네로 가는 거였다. 그리스 유적을 보는 게 이 여행을 나름 의미 있는 여행으로 만들어 줄 것 같았다.

인천에서 방콕, 비행기 갈아타서 싱가포르, 6시간 정도 공항 대기 후 다시 비행기를 갈아타고 로마행. 시간으로 따지면 꼬박 하루가 걸렸다. 비행기를 갈아탈 때마다 나오는 식사를 꼬박꼬박 챙겨 먹었더니 너무 여러 번 먹고 너무 오랜 시간 하늘에 떠 있어서 로마에 도착했을 때 가스로 배가 풍선같이 불룩해졌다.

사람들은 서둘러 공항을 빠져나갔지만 난 아무도 기다려주는 이가 없었다. 로마에서는 갈 곳도 없었다. 나는 공항의 그리스 항공사로 가서 아테네 티켓을 사겠다고 했다. 그리스 항공사지만 이태리 직원이 일을 하는데 컴퓨터가 고장 났다며 잠시 기다려달라고 한 게 한 시간 이상 걸렸다. 그리곤 하는 말이 컴퓨터가 계속 작동이 안 되니 저쪽 건너편 카운터로 가서 티켓을 사랬다. 애초에 해줬어야 할 말이었다.

이태리가 이런 곳임을 알고 있었다 해도 화를 참을 수 있는 건 아니었다. 한 시간 이상 기다리게 한 항공사 직원에게 화를 냈지만, 직원은 꼿꼿하게 응하며 사과하지 않았다. 그 뻔뻔스러움에 놀라지 않을 수 없었다. 그 직원이 알려준 카운터로 가서 아테네 티켓을 구입하겠다고 했더니 컴퓨터 자판을 몇 번 두드리고는 바로 티켓을 내주었다. 허탈하기까지 했다.

비행기 출발 시간이 아직도 여러 시간 남아 있어 지루하게 기다렸다. 어디 편하게 쉴 곳이 없었다. 싱가포르 공항에서는 여러 시간을 기다렸어도 공항 시설이 잘되어 있어 기분 좋게 시간을 보낼 수 있었던 것과 비교되었다.

그에게 내가 로마 공항에 도착했다고 전화로 알리고 출장을 마칠 때까지 아테네를 여행하겠다고 했다. 한참을 기다린 후 비행기 출발 시간이 되었는데 보딩게이트를 열 생각을 안 했다. 어떻게 된 거냐고 게이트 앞에 있는 직원에게 물었더니 비행기가 연착되었다고 했다. 얼마나 연착되냐고 물었더니 이미 시선을 딴 곳으로 두고 모른다고 했다. 나는 하는 수 없이 게이트 앞 대기 의자에 앉아 마냥 기다렸다.

다른 이태리 사람들은 로마 공항에서 비행기 연착은 당연한 것인 듯 불평 없이 느긋하게 기다렸다. 나는 앉아서 지루하게 기다리다가 깜빡 졸아버렸고 눈을 떠보니 내 게이트 앞에 앉아 있던 사람들이 보이지 않았다. 순간, 비행기를 놓쳤다고 생각했다. 확인하기 위해 허둥거리며 내 게이트 앞에서 서 있는, 이미 항공사가 바뀐 직원에게 가서 아테네행 비행기가 떠났냐고 물었다. 아직 떠나지 않았으나 게이트가 바뀌었으니 어서 서둘러 가서 타라고 했다. 잠이 번쩍 깨서 바뀐 게이트로 달려갔다. 거의 마지막 탑승객으로 탈 수 있었다. 이태리 사람, 그리스 사람이 섞여 있는 작은 경비행기 안은 그들이 쓰는 언어 때문에 다른 비행기보다 훨씬 시끄럽게 느껴졌다.

아테네 공항에 도착해서 공항 안내소를 통해 가격이 제일 저렴한 YMCA 호텔을 예약했다. 사흘 동안 돈을 아끼는 배낭족 여행을 하기로 했기에 택시 대신 공항버스를 타고 호텔 근처에 내려 찾아갔다. 호텔방에 도착했을 때 비로소 아픈 허리를 펴고 누울 수 있었다. 정말 달게 오랜 시간 잠에 빠졌다.

사흘 동안의 아테네 여행은 별로 즐겁지가 않았다. 머릿속에 딴 생각이 채워져 있어서였다. 날씨는 더웠고, 쨍쨍한 햇볕을 받으며 잘 모르는 길을 물어물어 찾아가는 관광이라 힘들고 다리가 아팠다. 배낭족이 된 나는 다들 그러듯이 관광 안내책을 옆에 끼고 다니며 책자가 안내하는 대로 찾아 다녔다.

그래도 여행 중이라 시간은 잘 지나갔다. 막상 그를 만나기로 되어 있는 시간이 다가오니 자꾸 내가 혼자 착각하고 있는 것만 같았다. 만나도 얘기도 안 통할 텐데……. 하지만 결혼할 의사가 없는 걸 확인하는 것도 이 여행은 목적을 이루는 셈이었다. 그가 나와 결혼할 의사가 있는지를 알아보기 위해 온 것이니까.

아테네에서 로마로 오는 비행기 안에서 이런저런 걱정이 들었다. 역시 결론은, 아니다 싶으면 바로 이태리를 떠나 동유럽으로 가는 것이었다. 마침내 로마에 도착했다. 로마 공항에 온 걸 확인시키듯 한참을 기다려 내 가방을 찾았다. 가방이 도착하지 않는 사고가 나지 않은 걸 다행으로 여겨야 했다. 이태리에서는 빈번한 사고였으니.

입국 게이트로 나오니 많은 사람들이 게이트 주위에서 각자 만나야 할 사람을 기다리고 있었다. 나는 그가 그들 중에 섞여 있으리라 생각하고 주위를 둘러보았지만 없었다. 이리저리 주변을 다니며 찾아보았는데도 없었다. 벌써 안 좋은 싸인이 온 것이다. 그래, 역시 나 혼자 착각했던 건가 보다 하고, 이태리를 바로 떠날 생각까지 하고 있는데 그가 저쪽에서 빠른 걸음으로 다가왔다.

"쏘리. 쏘리."

한참을 뛰었는지 벌게진 얼굴로 그가 나를 보자마자 연신 미안하다고 했다.

"트라피꼬."

교통이 막혀 늦었다고 했다. 처음 듣는 이태리 단어지만 영어와 비슷해서 이해할 수 있었다. 나는 그가 나타나 준 것만으로도 다행스러워서 괜찮다고 했다. 그에 대해서는 정말 아무것도 모르고 있었기 때문에, 그가 혹시 차가 없어서 그의 관광버스로 공항까지 왔을지도 모른다고 생각하며 공항 주차장 쪽으로 갔다. 관광버스로 왔다면 로맨틱 드라마를 꿈꿨던 것이 코믹물이 되겠다 싶었는데 다행히 그는 일반 자가용을 타고 왔다. 그의 차에 다가가자 그가 차 뒷문을 열더니 커다란 꽃다발을 꺼내 내게 내밀었다.

공항에서 그가 안 보일 때는 빨간 신호등이었다가 꽃다발을 보니 녹색 신호등으로 바로 바뀌었다. 인천에서 방콕과 싱가포르를 거쳐 로마, 로마 공항에서 아테네로 가서 사흘을 보내고 다시 찾은 로마. 그를 만나기까지를 시간으로 따지면 100시간 정도 되었다. 잘 알지도 못하는 이 남자를 만나려고 100시간을 길에서 보낸 것이었다.

만나서 한 시간도 안 돼 결혼하기로

관심이 가는 남자가 잔뜩 긴장해서 쩔쩔매는 것을 보는 건 여자에게 하나의 즐거움이다. 걱정과 긴장이 범벅된 혼돈스러운 상태에 있던 내가, 나보다 더 긴장하는 그 때문에 오히려 진정이 됐다. 그는 연신 "맘마미아"를 외치며 내가 그를 만나러 온 것이 믿기지 않는다고 했다.

"Sono felice(소노 펠리체)."

그가 행복하다고 했다. 한국에서 이태리까지 장시간 비행하는 동안 계속 이태리어 회화책으로 열심히 공부한 보람이 있어, 그가 쓰는 간단한 이태리 단어의 뜻들을 알아들을 수 있었다.

"Anche io(앙케 이오)."

나도 그렇다고 했다.

"Oh, mamma mia(오, 맘마 미아)!"

그는 다시 엄마를 찾으며 내가 쓰는 별것 아닌 이태리어에 감탄하며 좋아했다. 그는 내게 아테네에서 어떻게 보냈는지 물었고, 아테네

에 있는 동안 내가 전화를 매일 안 해줘서 걱정
을 많이 했다고 했다. 자기 때문에 일부러 아
테네까지 가서 시간을 보낸 내게 미안하다
고 했다. 나는 그를 더 미안하게 해주고
싶어 얼마나 오랜 시간을 비행했는지 얘
기했고, 로마 공항에서 또 여러 시간을
기다려 아테네 비행기를 탄 얘기도 했다.

그가 내 부모님이 자기를 만나러 이태
리에 온 것을 아느냐고 물었다. 부모님에게
는 이태리에 휴가 간다고 얘기했고 사실 여행
하는 마음으로 온 것이니 거짓말한 것은
아니라고 했다. 그가 사뭇 진지한 표정을
지으며 물었다.

"You, Italia, per sempre, you mamma
papa…… angry?"

'per sempre(뻬르 셈쁘레)'가 'forever'란
뜻이니 내가 이태리에 아주 눌러 산
다면 내 부모님이 화내실지 묻는 거
였다.

"No."

"I don't know"라고 대답해
야 옳았을 텐데 나는 강하게 "노"
라고 했다.

남편의 어린 시절 기도하는 모습과 지금의 모습.

"You, mamma papa Italiano…… angry?"

우스울 정도의 엉성한 문장으로 그가 얘기하는 게 내가 이해하기엔 쉬워 오히려 좋았다. 내가 이태리 남자를 사귀면 내 부모님이 화내실지 묻는 거였다. 그와 같이 일했을 때 이미 내게 물었었던 것을 다시 묻는 거였지만 이번엔 보이프렌드가 아니라 남편감으로서 이태리 남자를 받아주실지 묻는 거란 걸 알 수 있었다.

"No"라고 나는 대답했다. 자기 딸 외국 남자하고 결혼하는 것을 좋아할 한국 부모는 없을 텐데 당장 이 남자한테 마음을 뺏긴 나는 부모님 생각은 뒷전이었다. 운전하던 그가 더 진지한 표정을 지으며 결정적인 것을 물었다. 물어도 될지 안 될지 갈등하는 그의 긴장감이 느껴졌다.

"You, me…… marry, OK?"

내 마음 안에서 큰북이 쿵쿵 울렸다. 내가 물으려고 이 먼 길을 온 건데 그가 만나자마자 먼저 청혼하는 것이었다. 나는 그가 방금 뱉은 말을 취소라도 할까봐 지체하지 않고 씩씩하게 대답했다.

"YES!"

여자가 청혼을 받아들이면 남자가 감격하며 여자를 안아주는 게 영화에서 흔히 보는 로맨틱한 장면인데 우린 마치 오랜 연인 사이로 있다가 자연스럽게 결혼을 결정한 사이처럼 얘기했다. 사실 내 마음이 그랬다. 무엇이 내가 그렇게 느끼도록 한 건지는 잘 모르겠지만 이 남자가 내 남편이 되는 게 마치 정해져 있던 일 같은 확신이 있었다.

그가 손을 뻗어 내 손을 꼭 잡았다. 그러니까 우리는 결혼하기로 결정하고 나서 손을 잡은 것이었다. 이상한 순서지만, 그렇게 되었다. 수동 기어라 기어 바꿨다가 손을 잡았다가 다시 기어 바꾸기를 가는 내내 반복했다. 데이트하는 연인들은 가급적 오토매틱 차를 타야겠다는 생각이 들었다.

그는 우리가 합의해야 할 다른 중요한 사항을 아주 웃기게 물어보았다.

"marry…… 빨리빨리, 천천히?"

그가 한국 여행 그룹을 오랫동안 태우다 보니 한국말 몇 마디를 배웠는데, '안녕하세요' 다음으로 배운 말이 '빨리빨리'였다고 한다. 왜 '빨리빨리'란 단어를 인사말 다음으로 배우게 되었는지는 한국 사람인 내가 굳이 물어볼 필요도 없는 것이었다. 빠른 스피드를 좋아하는 한국 사람에게 그는 '천천히'라는 단어를 사용해야 할 때가 많아 '빨리빨리'와 '천천히'를 같이 배웠고, 그 다음에 배운 단어는 '아이고 다리야!'였다고 한다. 관광을 마치고 버스에 올라 탈 때마다 한국 사람들이 거의 같은 말을 해서 알게 되었다고 했다.

"marry…… 빨리빨리, 천천히?"

나는 이 재미있는 문장에 먼저 웃었고 웃음을 그치자마자 빨리 대답했다.

"빨리빨리!"

나는 그가 원했다면 이태리에 온 김에 결혼식 올리고 한국에 돌아올 의사도 있었다. 그런데 그는 결혼식을 올리기 전에 이것저것 해놓아야 할 것들이 있으니 한국으로 돌아가 조금 기다려 달라고 했다. 기다려달라는 말이 만족스럽게 들리지 않아 난 대답 없이 고개만 끄

덕였다. 그리고 우린 잠시 서로 대화 없이 있었다. 나도 그도 우리가 나눈 대화를 현실감 있게 받아들이기 힘들어 입을 다물었던 것 같다.

직선으로 달리던 차가 라티나(LATINA) 라는 이정표에서 꺾어졌다. 그가 사는 동네 이름이고 앞으로 내가 살 곳이기도 했다. 라티나에 도착하자 그는 나를 먼저 바다로 데려갔다. 해가 떨어져 바다가 보이지 않았다. 그가 말했다. 내가 스위스 산장 호텔바에서 바다와 산이 있는 곳으로 가서 쉬고 싶다고 했는데 라티나가 바로 그런 곳이라고 했다. 내일은 산으로 데려가겠다고 했다.

우리는 그의 동네 친구가 경영하는 레스토랑으로 가서 저녁식사를 한 다음 그의 부모님 집으로 갔다. 그가 부모님과 같이 살고 있었으니 그의 집이기도 했다. 그의 집 마당에 도착했을 때, 그의 아홉 살짜리 조카가 마당을 향한 창 안쪽에서 바짝 얼굴을 붙이고 차에서 내리는 동양 여자를 보며 "bella, bella!(예쁘다!)" 했다. 어른이건 아이건 진심이건 빈말이건 나를 예쁘다고 해주면 기분 좋다.

그의 부모님과 인사하고 그 집에 같이 살고 있는 그의 형과 형수와도 인사했다. 그의 식구들은 느닷없이 방문한 동양 여자를 환영하는 분위기로 나를 따뜻이 맞아주었지만 서로 대화가 잘 통하지 않아 무척이나 서먹서먹했다. 늦은 시간이라 나는 그의 방으로 안내되었다. 침대가 호텔 침대처럼 잘 정리되어 있는 게 인상적이었다. 그는 부엌에서 펼치면 침대가 되는 소파에서 잔다고 했다. 나는 기분을 좋게 해주는 침대로 들어가 편한 잠을 잘 수 있었다.

그런데 그 침대 때문에 내가 가정교육을 제대로 못 받고 자란 것이 바로 드러나 버렸다. 나는 아침에 일어나 이불을 정리해 본 적이 없었다. 침대를 쓰지 않기도 했고 이불 개고 방 청소를 하는 것은 모두 엄마가 해주었기 때문이다. 내 평상시 습관 그대로 침대를 내가 잤던 모양 그대로 내버려뒀다. 나흘째 되는 날, 그가 내게 조심스럽게 말했다. 왜 내가 아침에 침대 정리를 하지 않는지 그의 어머니가 물어보더라고 했다. 호텔 침대처럼 정리돼 있는 침대로 들어가면서 좋아만 했지, 내가 해야 한다는 건 생각하지 못했다. 나중에 살면서 이태리에서 침대 정리가 얼마나 중요한 일인지 알게 된 후 이때를 생각할 때마다 부끄러워졌다.

닷새째 되는 날, 그의 어머니에게 어떻게 침대 정리를 하는지 직접 배웠다. 독일이나 스위스 같은 북유럽에서는 침대 시트 위에 덮는 이불만 사용하는 경우가 많아 '정리'라는 말이 굳이 필요 없이 그냥 반듯하게 펼쳐 버리면 된다. 하지만 이태리는 반드시 홑이불을 중간에 사용한다. 우선 매트 덮개 시트를 침대 모서리마다 잘 끼워 반듯하게 깐 다음, 홑이불을 다시 그 위에 덮어 베개 놓는 쪽만 빼고 매트 밑으로 잘 접어 넣는다. 그러니까 잘 때 그 홑이불 안에 갇혀 있는 모양새가 된다. 그 위에다 계절에 맞는 덧이불을 깔고 머리 쪽 홑이불을 약간만 덧이불 바깥쪽으로 빼서 깨끗하고 깔끔하게 보이게 한다. 그리고 베개를 머리맡에 놓는 것으로 이불 정리를 마친다.

배우고 나서 나 혼자 해보니 이십여 분을 넘기며 쩔쩔매고도 그의 어머니가 한 것처럼 되질 않았다. 침대 좌우로 시트 균형이 맞지 않아 한쪽은 길고 한쪽은 짧고, 홑이불을 덧이불 위로 예쁘고 적당하게 빼서 접는 것도 잘 안 되고, 긴 덧이불을 깔끔히 정리하는 것도 생각대로 되지 않았다.

팔 년이 지난 지금도 내 침대 정리는 그의 어머니가 정리한 침대와 여전히 다른 모양이다. 결정적인 이유 중 하나는 다림질 때문이다. 그의 어머니는 침대 매트시트와 겉시트를 다 다림질해서 사용하니까 침대 시트에 구김이 없는 것이다. 나는 아직까지도 모든 걸 다림질해서 사용하는 이태리 아줌마처럼 하질 못해서 세탁 후 되도록 평평하게 말리는 방법으로 다림질 없이 사용한다.

일주일 동안 그의 집에 있을 때 그의 어머니가 그의 옷들을 다림질하는 걸 보았는데 러닝셔츠와 팬티까지도 다림질하는 것을 보고 속으로 놀랐다. 그러니까 빨랫줄에서 말려진 모든 종류의 옷가지들을 입기 전에 다 다림질을 하는 것이었다.

그의 어머니가 점심시간 두어 시간 전부터 토마토소스를 끓이기 시작하는 것을 보는 것도 흥미로웠다. 한국의 어머니들은 밥을 짓고 국거리와 반찬거리를 준비하지만 파스타를 주식으로 먹는 이태리에서는 매일 토마토소스를 끓이는 게 식사 준비였다.

그의 집에 있으면서 한 번 예외 없이 파스타로만 식사를 했고, 파스타를 먹고 나면 졸음이 쏟아져 낮잠을 자야 했다. 나만 자는 게 아니라 식구들 모두 잠을 잤다. 이태리 사람들은 점심시간인 한 시경부터 오후 네 시까지는 아무런 계획도 약속도 하지 않는다. 가까운 사람에게라도 그 시간에 전화를 거는 건 아주 실례가 된다. 먹고 자야 하는 시간이기 때문이다. 아예 '시에스타'라는 명칭까지 있는 이 긴 휴식 시간을 내가 이해하는 데는 시간이 걸리지 않았다. 파스타를 먹고 나면 몸이 무거워지고 눈이 무거워져서 안 잘 수가 없었다. 더운 이태리 날씨 때문이기도 했지만 한국 사람인 내게는 파스타가 위를 더 무겁게 하는 것 같았다.

파스타만 먹어도 배가 부른데 이태리 사람들은 파스타를 첫 접시로 먹고 반드시 두 번째로 새 접시에 새 메뉴를 먹는다. 생선이나 해물, 고기를 먹고 야채, 콩, 감자 등을 곁들여 먹는다. 포도주는 식사 중에 반드시 있어야 한다. 음식을 먹으면서 조금씩 즐긴다.

칼로리가 높고 양이 많은 데다 포도주까지 곁들여 식사를 하니 식사 후 잠이 쏟아지지 않을 수 없었고 먹자마자 잠을 자니 오후에 잠이 깨었을 때 아까 먹은 게 다 살로 가는 게 느껴졌다. 결혼하고 일 년도 안 되어 체중이 엄청 늘어난 건 무거운 점심을 먹고 바로 자는 습관 때문이라고 나는 여기고 있다.

그의 집에서 한국으로 돌아오기 전날 점심식사 후 역시 잠을 잤고

트랙터에 탄 남편. 집에는 3개의 트랙터가 있는데 그중 가장 작은 것이다.

깨어 일어나 그를 찾으니 보이지 않았다. 그의 어머니에게 그가 어디 있냐고 물었더니 손가락으로 차고 뒤쪽을 가리켰다. 차고 뒤쪽은 농사짓는 땅이 있었다.

나는 차고 뒤쪽으로 갔다. 막 황혼이 지려는 오후였고, 눈에 걸리는 것 없이 평평히 펼쳐진 대지와 저 멀리로 둘러쳐진 산이 아름다운 풍경화 같았다. 그리고 그가 그 풍경화 속에서 트랙터를 타고 땅을 가는 것이 보였다.

'역시 그랬구나.'

그를 처음 보았을 때 그의 얼굴에 왜 '컨트리'란 단어가 쓰여 있었는지 눈으로 확인하는 순간이었다. 버스를 운전하는 그보다, 더러운 셔츠를 입고 트랙터를 타고 땅을 가는 그가 훨씬 그의 원래 모습처럼 보였다.

그의 모습이 아름다워 보였다. 나는 땅의 아름다움을 모르고 콘크리트 위에서 자랐지만, 그리고 농부보다는 잘 다려진 셔츠를 입고 일하는 남자 쪽을 선호했지만, 트랙터를 타고 땅을 가는 그의 모습은 싱그럽고 아름답게 보였다. 그가 나를 보고 손을 흔들어 보였다. 나는 스스로에게 다시 다짐했다.

'저 남자와 결혼할 거야.'

일주일 내내 파스타를 먹고 라티나 동네 근처 다니고 그의 식구들과 잘 통하지 않는 어색한 대화를 나누다가 한국으로 돌아왔다. 집으로 돌아온 나는 일주일 동안 파스타만 먹은 후라 떡볶이, 비빔냉면부터 찾았고 매운 것을 먹고 기분이 좋아진 후 바로 엄마에게 그와 함께 이태리에서 찍은 사진을 보여줬다. 누구냐고 묻기에 나는 아무렇지도 않게 대답했다.

라티나 산 위의 중세마을 전경.

"나, 이 사람하고 결혼할 거야."

수시로 엉뚱한 짓을 하는 내게 익숙한 엄마는 놀라지도 않았다.

"미국 사람하고 결혼하려고?"

엄마에게 외국 사람은 다 미국 사람이었다.

"이태리 사람이야. 버스 운전수야."

엄마는 장롱 서랍에서 전화번호부 볼 때나 쓰는 안경을 꺼내 쓴 후 사진을 찬찬히 들여다보았다.

"사람은 착하게 생겼고만."

엄마가 전라도 억양으로 말했다. 아버지가 집으로 들어오셨을 때 엄마는 그 사진을 내밀며 미화가 이 남자와 결혼하겠다고 그런다고 했다. 사진을 들여다본 아버지가 말했다.

"건실하게 보이는고만."

아버지도 전라도 억양으로 말했다.

이태리에서 한국으로 돌아온 날 바로 부모님으로부터의 결혼 허락을 받은 셈이었다.

이태리로 시집가다

'구름에 둥둥 떠다니는 듯하다'는 표현이 딱 어울리는 기분으로 지냈다. 독한 약에 취한 것 같았고 옆구리가 쑤시던 사고 후유증도 더이상 느껴지지 않았다. 그는 매일 전화해 "아모레 미오!(내 사랑!)" 하고 말해 주었다.

이태리어 학원을 다니며 본격적으로 이태리어 공부를 시작했기 때문에 그와의 통화도 예전처럼 1분도 안 돼 끝나진 않았다. 내가 그의 집에 있는 동안 그가 수시로 내게 했던 "Ti voglio tanto bene(띠 보이오 딴또 베네)"라는 말이 너를 사랑한다는 의미의 "Ti amo(띠 아모)"처럼 쓰는 말이란 걸 나중에서야 알았다. "Hai trovato un angelo(아이 뜨로바또 운 안젤로)"라는 말은 "너는 천사를 만난 거야"라는 뜻이란 것도 알게 되었다.

일주일 동안 그와 있었긴 했지만 거의 그의 가족들과 함께 시간을 보냈고 그와 데이트다운 데이트는 하지 못했는데, 서로 결혼하기로 얘기를 나누고도 다시 떨어져 지내야 했다. 내가 언제 결혼할 수 있

냐고 전화로 물으니, 그는 3개월만 기다려 달라고 했다. 막연히 기다리는 것도 아니고 3개월이라고 하니 즐기며 기다릴 수 있었다. 더 이상 옆구리도 안 아팠고, 시간도 빨리 보내고 싶어 일본, 캐나다, 태국으로 출장을 다녀왔다. 프랑스 파리 패션 박람회에도 인솔자로 갔었는데, 파리까지 가고도 그를 보지 못하는 게 아쉬웠다. 몸은 도쿄, 밴쿠버, 방콕, 파리에 있어도 마음은 로마에 가 있었다. 출장 중에는 내가 매일 그에게 전화했다. 내가 늘 하는 말은 "mi manchi(보고 싶어)"였고, 그의 대답은 늘 "Stai forte! Siamo uno, non due(강하게 지내. 우리가 둘이 아니라 하나라는 것을 생각해)"였다.

나는 주위 사람들에게 내가 이태리로 시집간다는 것을 알렸다. 연애 스토리는 생략한 채 벼락에 콩 볶듯 시집간다는 소식에 지인들의 반응은 일단 축하 인사는 건네면서도 내심 나를 약 먹은 사람 취급하는 것 같았다. 외국에서의 감상적인 기분에 젖어 위험한 결정을 내린 거라고 생각하는 것이었다. 어떻게 말도 안 통하는데 결혼할 생각을 하느냐고 했고, 왜 버스 기사하고 결혼하느냐고 대놓고 얘기하기도 했다.

그랬다. 내가 결혼할 사람이 버스 기사라고 했을 때 여러 사람이 별 볼일 없는 놈한테 가는구나 하는 반응을 보였다. 그럴 때 나는 그가 관광버스 소유주이기도 하다는 말을 일부러 덧붙이지 않았다. 그깟 버스 한 대지만 그래도 자기 소유라는 게 그들에게 다른 관점으로 보일지 몰라도 내겐 아니었기 때문이다.

나 역시 속물근성으로 살아왔긴 하지만, 내가 그를 택한 건 어떤 강한 힘이었지 어떤 조건 때문이 아니었다. 그쯤에서 생각해보니 그에 대해 아는 게 너무 없었다. 학교는 어디까지 나왔는지, 버스가 본인 거라고는 하나 생활비는 얼마나 벌 수 있는지, 그의 취미는 뭔지, 특기는 뭔지, 뭘 좋아하고 싫어하는지, 어떤 성격의 장점과 단점을 가지고 있는지……

도대체 그에 대해 구체적으로 아는 게 없었다. 그의 집이 농사를 짓고, 그가 운전기사라는 것만 알고 시집가는 셈이었다. 어떤 이에게는 내가 농사짓는 사람한테 시집간다고만 했더니, 미쳤냐고 표정으로 말했다. 나는 내 주위 사람 거의 대부분이, 내가 나보다 못한 남자하고 결혼한다는 반응을 보이는 것이 이상했다.

나는 누구보다 나 자신을 잘 알고 있었다. 정말 별 볼일 없는 여자라는 것을. 한때 아닌 것처럼 착각하며 보내기도 했지만 빈 깡통같이 살았다. 수준 이하의 가정교육을 받았고, 집안 형편도 별로 좋지 않았고, 공부는 눈에 띄게 한 적 없어도 사춘기 방황은 '20년 교직 생활에 너 같은 놈 처음 본다'는 고등학교 담임선생님의 말처럼 요란법석하게 보냈다. 그래서 대학도 들어갈 수 없을 정도의 학력고사 점수를 받았는데, 운이 무진장 좋아 실기시험으로 합격을 결정하는 서울예술대에 들어갔고, 술 취한 듯 지내다 졸업했다. 그 뒤로도 우왕좌왕 이리저리 비틀거리며 살았을 뿐이다. 그런 내가 무슨 기준으로 그보다 나을 수 있는가. 스물한 살부터 서른일곱 살까지 한 길로 꾸준히 운전만 한 그가 누구하고 비교해야 부족한 사람이 되나.

투어리더 일은 내가 그 전에 했던 어떤 사회생활보다 사람을 잘 들여다볼 수 있게 해주었다. 일반 사회생활에서 만나는 사람들은 나와 마찬가지로 늘 자신의 얼굴을 감춘 가면을 쓰고 관계를 가지게 되지만, 여행 중에는 어떤 직업의 사람들이건 그 가면들이 벗겨진다. 직업이란 가면이 벗겨지면, 비 오는 날 숨어 있던 단단한 껍질 밖으로 제 모습을 드러내는 달팽이같이 본래 그 사람의 모습이 나오게 된다. 그러면 지금까지 가졌던 직업에 대한 내 선입견이 다 사라지고 속 모습이 아름다운 사람이 그 어떤 직업의 대단함보다 낫다는 결론을 내리게 된다. 그 아름다움의 가치를 기준으로 보면 나보다 그가 비교할 수 없을 정도로 나은 사람이었다.

그가 기다려 달라고 했던 3개월이 더디게 지나갔다. 내가 결혼식 날짜를 정하고 그에게 그날로 하자고 했다. 내가 한국에서 결혼식을 올리자고 했고 식 준비는 내가 다 할 테니 그냥 오기만 하면 된다고 했다.

결혼식 일주일 전에 그는 가족들에게 결혼 소식을 알렸다고 했다. 함께 점심식사를 하던 중이었다. 그의 가족들은 집에 며칠 머문 나의 방문을 심각하게 여기지 않고 있었는데, 그가 그 한국 여자하고 결혼하겠다고 하니, 그의 표현대로라면 가족 모두 충격으로 입을 벌리고 손에 포크를 쥔 채 한참을 스톱모션 상태였다고 한다. 거기다 그가 며칠 후 한국에 가서 식을 올릴 거라고 덧붙이니 가족들이 완전 얼이 나간 모습이 되더라고 했다.

아무튼 그가 장가가려고 한국으로 왔다. 결혼식 사흘 전이었다. 하루만 대여하는 예복을 치수에 맞게 재단시키고, 금 도매상에 가서 싸고 평범한 민자 반지를 예식용으로 샀다. 그가 오기 전에 나는 모든 예식 준비와 신혼여행 준비를 끝내놨기 때문에 결혼식을 앞둔 사흘 동안도 바쁘지 않게 보냈다. 여러 가지 신경 쓰며 준비해야 하는 모든 절차가 생략된 결혼이라 단순했다. 다이아반지 같은 예물도 없고 서로의 집안어른들과 가족에게 주는 선물도 없고 신접살림에 필요한 것들도 준비할 필요가 없는 결혼이었다.

내가 가진 얼마 안 되는 돈에 가족이 보태준 결혼 준비금으로 충분히 결혼식 준비를 할 수 있었다. 원래 아무것도 없는 내가 아무 준비 없이 시집갈 수 있다는 게 정말 다행스러웠다. 오히려 그는 부모님을 떠나 먼 땅으로 와야 하는 내게 계속 미안해했다.

결혼식 당일, 나는 그와 동시 입장을 했다. 가족도 참석하지 못한 채 결혼하는 그를 배려하려는 의도였고 아버지도 이에 대해 서운해하시진 않았다. 신랑이 한국말 주례가 무슨 내용인지 몰라 실수하지 않으려 긴장하고 있을 거라 생각했는데, 나중에 녹화된 예식 비디오를 보니 눈물이 그렁그렁 금방이라도 흐를 듯 맺혀 있었다. 감격으로 눈물이 쏟아지려고 해서 참느라 애썼다고 했다.

실수는 그가 아니라 내가 했다. 결혼식 주례를 대학시절부터 알고 지내던 선배이자 목사님이신 분이 해주셨는데 신랑 신부 입장할 때 반지를 가지고 있으라고 한 걸 내가 깜빡하고 안 챙긴 것이었다. 목사님이 "신랑 신부 반지 교환이 있겠습니다"라고 했을 때 나는 당황하며 목사님에게 작은 목소리로 나한테 반지 없으니 내 친구 누구를 불러달라고 했다. 당황하신 목사님이 마이크로 내 친구 이름을 부르며 반지 가져오라고 했다. 신랑 신부가 처음 결혼하는 거라 서투니 하객들이 이해하라는 유머로 내 민망함을 무마해 주셨다. 나의 덤벙거림이 결혼식 날까지도 문제를 만들고 말았다.

철없는 나는 드디어 결혼하는구나, 하는 감격에만 빠져 내 어머니

전통 혼례복이 어색해 보이지 않는 이태리인 남편.

가 결혼식 전날 밤새 이불을 뒤집어쓰고 훌쩍거리는 것도 크게 마음 쓰지 않았고 어머니가 결혼식 날 연신 손수건으로 눈물을 훔치는 것을 보면서도 따뜻한 포옹 한 번 제대로 해드리지 않았다.

이태리로 시집와 낯선 생활을 시작하자마자 나는 많이 울게 되었고, 울 때마다 어머니가 생각났다. 또 어머니가 생각날 때마다 미안한 마음에 가슴이 찢어지는 듯했다. 가족끼리 사랑을 표현하는 것을 배우고 자라지 못해 부모 형제지간끼리도 민숭민숭 할 얘기만 하면서 지냈지만, 어머니에 대해서만은 생각만 해도 명치가 아려왔다. 갑자기 너무 낯선 곳에 있으려니 나에 대한 어머니의 무조건인 배려가 너무도 그립고 한 번도 착한 딸이 돼주지 못하다가 아예 지구 반대편으로 시집가 버린 딸을 그리워 할 어머니의 심정을 알 것 같아 많이 울었다.

하지만 이건 이태리로 오고 나서의 일이다. 결혼식 날의 나는 연신 입을 다물지 못하고 싱글벙글 웃기만 했다. 식장에 오기 전 미용실에서부터 나처럼 신바람 나 있는 신부는 처음 본다는 말까지 들었을 정도였고 식이 끝날 때까지 조신한 신부의 모습은 도저히 연출할 수가 없었다.

결혼식과 식후 하객 식사까지 걸리는 시간이 두 시간 남짓에 불과한 것에 이태리 사람인 그는 두고두고 얘깃거리로 삼았다. 이태리는 성당에서 결혼식을 올리고 성당 신부님의 주례로 이미 정해진 형식의 절차를 다 거치는 데 한 시간 이상이 걸린다. 그리고 한국처럼 식을 올린 장소에서 식사까지 하는 경우는 당연히 없다. 결혼식 피로연은 개인 형편이 좋고 나쁘고를 염두에 두지 않고 화려하게 한다. 근사한 호텔 식당 같은 곳에서 다섯 시간 이상 걸리는 식사를 한다. 그 다섯 시간 동안 음식이 계속 나온다. 먹고 마시고 떠들고 춤춘다.

한국에서의 결혼식이 너무 빨리 끝나 그는 무척 의아해 했지만 나는 좋았다. 우리는 내 항공 마일리지로 무료 구입한 제주도행 비행기를 탔고 신부화장과 신부머리 스타일을 한 비행기 안의 여러 여자들 사이에 내가 앉아 있는 것도 좋았다.

우리는 데이트도 안 하고 결혼한 사이인지라 신혼여행 기간을 일주일로 잡았다. 이태리로 돌아가면 그는 다시 운전기사로 계속 출장을 다닐 것이고 그러면 또 떨어져 있게 될 테니, 그 전에 신혼여행이라는 명목으로라도 두 사람만의 시간을 맘껏 갖고 싶었다.

그와 같이 있어 보니 너무 재미있는 사람이란 걸 알게 되었지만, 로맨틱한 신혼여행만은 아니었다. 그는 한국에 오기 며칠 전부터 너무 긴장해서 화장실을 가지 못했다고 했고 한국에 와서도 결혼식 날까지 또 사흘 내내 역시 화장실을 가지 못해 뱃속 사정이 좋지 않았다. 나는 약국으로 가서 약사에게 문제를 해결할 약을 달라고 했더니 약보다 관장을 권했고 그래서 그는 신혼여행 내내 관장을 하고 화장실 문제로 끙끙댔다.

로맨틱하진 않았어도 나에게도 이제 공식적인 보호자가 생겼다는 사실에 마음이 든든해서 좋았다. 그에겐 화장실 문제가 조금 있었지만 나는 많은 문제를 그에게 보여주게 될 것이고 그가 도와주리라 생각하니 돈 안 내는 평생 보험에 든 것 마냥 좋았다.

싫은 시간은 더디 가지만 좋은 시간은 시침이 껑충껑충 뛰어가게 마련이듯, 일주일이 금방 지나갔다. 서울로 돌아와 이틀을 내 가족과

함께 보낸 후 드디어 이태리로 가는 비행기를 탔다. 이제는 여행이 아니라 아주 살러가는 길이었다. 내게 어떤 새로운 삶이 시작될지 당장 생각하고 싶지 않아 비행기 안에서도 잠을 푹 잤다.

잠에서 깨어났을 때 부스스한 눈으로 그를 쳐다보니 그는 울고 있었다. 너무 좋아서, 너무 감격스러워서, 그리고 내 가족들에게 너무 미안해서 운다고 했다. 그는 내가 가족들과 떨어지면 마음이 힘들 때가 많을 거라는 걸 알고 있었지만 정작 나는 그땐 몰랐었다. 하지만 이태리에서 내 새로운 생활이 시작되자마자 바로 알게 되었다. 내가 이태리로 시집온 게 얼마나 큰 모험이었는지를.

결혼, 내가 무슨 짓을 했나?

시집오자마자 나는 거의 매일 울었다. 그의 부모님 댁에서 3개월 동안 시집살이를 했는데 너무 낯선 집에 너무 낯선 사람들과 너무 낯선 생활을 하는 게 그렇게 힘든 일일 줄은 결혼 전엔 생각지도 못했었다. 아니 생각을 일부러 안 했었다.

3개월 동안 시댁에 있게 된 건 그가 시댁에서 가까운 곳에 작은 아파트를 사둔 게 있었는데 아직 공사 중이라 완공될 때까지 기다려야 했기 때문이다. 그가 결혼 전 내게 한국에서 기다려 달라고 한 이유는, 아파트가 공사 중이라 내가 시집을 서둘러 오면 그의 어머니 집에서 그만큼 더 있어야 한다는 점을 고려한 때문이었다.

한참 추운 1월 초에 결혼식을 올리고 이태리로 가서 제일 힘들었던 게 추위였다. 이태리가 여간해서 영하로 떨어지지 않는, 겨울도 포근한 나라로 알려져 있지만 비가 자주 오는 겨울의 높은 습도와 함께 난방을 하지 않는 집 안의 추위는 유난히 추위에 약한 나를 너무 힘들게 했다.

빨래하는 시어머니.

　난방비가 비싸서 한국처럼 스물네 시간 난방을 하며 사는 이태리 집은 거의 없다. 그의 어머니 집도 여느 이태리 집처럼 저녁 잠들기 전 세 시간 정도 난방하는 게 다였다. 나는 옷을 여러 겹 입은 위에 겨울 파카를 입고도 거의 하루 종일 추위에 부들부들 떨었다. 그의 어머니는 옷도 따뜻하게 입지 않고 하루 종일 집안일과 밭일을 하며 쉼 없이 움직이셨다. 햇볕이 있는 낮에는 집 안보다 바깥에 있는 것이 더 따뜻해 나는 파카를 입은 채 몸을 웅크리고 마당 계단에 앉아 있곤 했다. 옆에선, 옛날 내 어머니처럼 빨래판에 옷을 놓고 비누로 문지르시던 시어머니가 내게 태양이 저렇게 떠 있는데 왜 그리 추워하냐고 물었다.

　어렸을 때부터 지글지글 끓는, 아랫목 장판이 까맣게 탄 온돌방에서 자라 한국에서조차도 남의 집에 가면 추위를 타던 나를, 어떻게 설명할 수가 없었다. 친어머니에게는 집 안에 약간의 냉기만 느껴져도 난방 온도를 올리라고 당당하게 얘기하겠지만 시어머니에게 추우니 종일 난방해 달라고 할 순 없는 노릇이었다. 추운 것 때문에 서러워지는 걸 처음 경험했고 스스로를 가여워하며 울었다. 사우나 찜질방에서 몸을 지지고 있는 나를 수시로 상상했다. 겨울이면 바깥에서 아무리 추위에 벌벌 떨었어도 따뜻한 집 생각을 하면 벌써 마음이 따뜻해지던 친정집이 그리워 울었다.

언어의 문제도 컸다. 대학에서 글을 쓰는 과를 나왔으니 작가될 재목은 아니라 해도 평균 이상의 한국어 구사 능력은 있었으나, 이태리에서 유치원생보다도 못한 수준으로 얘기하자니 스스로 바보가 된 것 같은 비참함에 빠졌다. 캐나다에 갔을 때는 지금과 상황이 틀려 영어를 못해도 그리 불편하지 않았다. 말 잘 통하는 한국 친구들이 있었고 나보다 더 영어를 못하는 일본 친구들이 있었고 내 개인 영어 선생이면서 친구였던 중국계 캐나다인이 영어를 즐겁게 익힐 수 있도록 도와주었었다.

영어라도 사용할 수 있으면 상황이 그리 나쁘진 않을 텐데 이태리에는 영어를 할 줄 아는 이가 극히 적은 데다 내가 사는 촌동네에서는 더욱 심했다. 한국으로 치면 전라도 시골 농갓집 같은 내 시댁에서야 두말할 필요도 없었다.

이태리어로만 통해야 하는 상황도 힘든데 사투리가 무진장 심한 나폴리 쪽이 고향인지라 시부모님의 이태리어는 이태리 사람조차도 알아듣기 어려운 정도였다. 내가 쓰는 엉터리 이태리어는 남편은 알아들어도 그의 부모는 못 알아들었고 시부모의 사투리 이태리어는

소 먹이를 주시는 시아버지.

라티나에 가서 만난 시댁 식구들.

내가 못 알아들었다.

남편 형은 성격이 좋아 쉬운 화젯거리를 골라 얘기하며 나를 신경 써 주었지만 무슨 이유인지 몰라도 내게 형님이 되는 남편의 형수는 나를 새 식구로서 반겨하지 않았고 노골적으로 내 바보 같은 이태리어를 비웃었다. 코웃음을 치며 한쪽 입 끝을 올리는 비웃음의 제스처를 보일 때마다 나는 얼굴이 화끈거릴 정도로 마음이 상했다. 더 속상한 건 그런 비웃음을 받으면서도 여전히 바보같이 말할 수밖에 없다는 것이었다. 결혼 전 누가 내게 말도 안 통하면서 어떻게 결혼하느냐고 했던 말도 떠올랐다. 남편과의 언어 문제는 나를 힘들게 하지 않았지만 남편 외에 다른 사람들과의 언어 소통문제가 나를 힘들게 할 거라는 건 결혼 전에는 미처 생각하지 못했었다. 내가 아무리 이태리에 오래 산다고 해도 절대 이태리 사람처럼 얘기할 수 없다는 걸 생각하면 언어 문제는 당장의 문제가 아니라 이태리에 사는 내내 나를 힘들게 할 문제라는 게 마음을 짓눌렀다. 그 힘든 마음이 또 나를 울게 했다.

한국 음식이 먹고 싶은 것도 힘들었다. 이태리 음식을 가끔씩 먹는 별식이 아니라 주식으로 매일 먹는다는 것은 결혼 초 내게 거의 고문에 가까웠다. 마음은 인터내셔널로 살고 싶어도 내 식성은 컨트리라 된장, 고추장, 김치 같은 발효 음식의 깊은 맛을 사흘 이상 맛보지 못하는 건 정신적 스트레스가 되었다. 게다가 겨울이라 끼니때마다 따뜻한 국거리, 찌개거리들이 더 생각나 식탁에 차려진 파스타 접시 위로 겹쳐 보일 정도였다. 매일 먹는 파스타가 정말 목구멍으로 넘기기가 힘들어지면 한국에서 가져온 고추장을 스파게티에 비벼 이건 뜨거운 쫄면이다 여기면서 먹기도 했다.

　나중에 로마에 한국 식품점이 있다는 걸 알게 되어 기차 타고 식품점을 찾아가 포장 총각김치를 샀다. 해먹을 수 있는 식품들도 있었지만 내가 시댁에서 혼자 한국 음식을 해먹을 수는 없으니 일단 김치라도 먹고 내 스트레스를 급한 대로 풀 생각이었다. 총각김치를 시댁 식구들과 같이 먹는 식탁에 용기 내어 척 올려놓고 파스타 먹고 김치 먹고 했더니 남편 빼고 다들 이 이상한 한국 음식에서 눈을 떼지 못했다. 내가 천연덕스럽게 한국 사람들이 매일 먹는 매운 샐러드인데 맛을 보라고 권해보았지만 아무도 먹어보려고도 하지 않았다. 김치의 독한 향이 거슬린다는 말을 듣지 않은 것만으로도 다행으로 여겼다. 빨리 남편의 아파트 공사가 마무리되어 내 집에서 내 맘대로 음식을 해먹을 수 있기를 기다렸다.

　추위, 언어, 음식에 대한 문제보다 나를 더 힘들게 한 것은 역시 외로움이었다. 낯선 이태리 가족이 나를 새 식구로 생각해 주려고 애써 주어도 그들과 나 사이의 이질감은 나를 외롭게 했다. 남편이 항상 옆에서 챙겨줄 수 있는 상황이었다면 덜 힘들었거나 힘들어하지 않고 상황을 받아들일 수도 있었겠지만, 남편은 운전수여서 집에 있는 날이 거의 없었다. 한번 출장 나가면 짧으면 사나흘, 길면 일주일이 넘었다. 집에 돌아와도 하루나 이틀 후에 다시 출장이었다. 그 하루 이틀 집에 있는 동안에도 버스 정비하고 청소하고 보험회사나 회계사 사무실이나 은행에 가는 일로 정신없이 또 바쁘다. 식사도 가족들과 같이하니 둘이 얘기하는 시간은 밤에 잠들기 전밖에 없지만, 그땐 나는 이미 뻗어 있고 그는 너무 피곤해서 대화다운 대화를 나누질 못했다.

고단함으로 심하게 코를 골며 자는 남편 옆에서 잠 못 이루며 엄마 생각으로 또 울곤 했다. 그렇게 철딱서니 없이 좋아라 방방 뛰며 결혼했는데 이태리가 어떤 곳인지 모르고 덜컥 식부터 올린 것에 잃었던 정신이 다시 돌아온 것처럼, 내가 뭔 짓을 한 건가 싶었다.

남편에게 보이는 아내의 눈물은 꼭 필요한 상황에서 결정적인 무기로 쓰고 싶었는데 나는 신혼 초부터 그 앞에서 수시로 눈물을 흘렸다. 같은 내용으로 반복해서 우는 것은 무기가 되기는커녕 눈물의 가치마저 떨어뜨렸다.

남편은 처음 몇 번은 나를 달래주려 애써 보더니 그다음부터는 내가 울기 시작하면 혼자 울게 내버려두고 슬그머니 자리를 피했다. 그리고 얼마쯤 지나 내가 좀 진정되었다 싶을 때 돌아와 차분히 얘기를 들어주고 토닥여주었다. 울고 난 후 그가 토닥여주면 내 마음의 얼음이 녹아내렸다. 다시 울 때까지의 얼마간은 모닥불이 되어 주었다. 그러나 그가 다시 출장을 떠나고 혼자 남으면 이내 마음이 얼어붙었다. 그런 반복이 계속되었다.

하루는 출장에서 돌아온 그에게 소리까지 높이며 너무 힘들어서 한국으로 돌아가고 싶다며 엉엉 울었다. 이성을 잃은 사람 같은 나를 다시 방에 혼자 남겨두고 조용히 나가 버렸다. 나는 그가 몇 분 만에 돌아오나 내심 궁금해 하며 기다렸는데 거의 한 시간이 지나도록 돌아오지 않는 것이었다. 이제는 아예 달래주려고도 안 하는군, 싶어 씩씩대며 나가 그를 찾아보았다. 집 마당을 가로질러 차고 쪽으로 가보니 그가 의자에 앉아 버스 부속품 하나를 손으로 고쳐보려 하고 있었다. 그는 어깨를 축 늘어뜨리고 부속품만 그냥 만지작거리고 있는 것 같았다. 더 가까이 다가가서 보니 그가 울고 있었다. 이미 한참을 운 얼굴이었다. 그한테 미안하다는 말을 듣고 싶었는데 그가 나를 미안하게 만들었다. 그는 울먹이며 말했다.

"너를 사랑해. 그리고 너를 이해해."

나 때문에 우는 이 덩치 큰 남자를 안아주며 말했다.

"이제 안 울게."

그 후 우리들의 작은 아파트로 이사 가기까지 울지 않았다. 아무것도 바뀌지 않았지만 울지는 않았다.

수다쟁이 아니면 왕따

　이태리에 벌써 8년째 살고 있지만 아직도 적응이 힘든 게 바로 음식 먹으며 수다 떠는 일이다. 나는 어렸을 적부터 식탁에서는 되도록 조용히 먹기만 해야 하는 걸로 배웠지만, 이태리 사람들에겐 식사시간은 곧 수다를 떠는 시간이다. 잔칫날이 아닌데 매일 먹는 식사 시간이 두 시간 정도가 걸리는 이유는, 많이 먹기도 하지만 먹으며 이 얘기 저 얘기 나누느라 그런 것이다.

　나는 식사 시간이 여전히 곤욕스러울 때가 많다. 무슨 얘기를 나누는지도 모를 때가 많기 때문이다. 언성을 높이며 여러 사람이 동시에 얘기를 하니 왜들 밥 먹다가 싸우나 싶었다. 남편이 그게 보통 얘기하는 것이라고 하는 데는 어이가 없었다.

　시어머니는 입 다물고 먹기만 하는 내게 번번이 무슨 안 좋은 일이 있느냐고 묻는다. 수다를 함께하지 않는 것은 화가 나 있는 것으로 간주된다. 개인 성향은 존중되지 않는다. 다른 이들과 같이 많이 먹어야 하고 에너지 넘치게 수다에 동참해야 한다.

재미있게 웃을 수 있는 화제라면 나도 끼어들어 함께 즐기고 싶은데 내 주위 사람들의 빠지지 않는 수다거리는 대개 누군가를 험담하는 것이었다. 그걸 즐기며 웃는다. 친척 누구를, 이웃 누구를, 정치인 누구를 험담하는 게 식욕을 돋우는 화제가 되는 것이다. 시댁에서 점심 먹을 때는 한쪽에 틀어져 있는 텔레비전에서 뉴스를 하는 시간이라 그날그날 뉴스의 내용이 또 험담하기 아주 좋은 먹잇감이 된다.

시댁 식탁에서 제일 많이 희생되는 이가 남편의 사촌누나이다. 아이가 둘이나 있는 유부남과 바람나 결혼도 안 하고 살림을 차려 쌍둥이를 낳아 기르는데, 그 남편이 또 다른 여자와 바람이 나서 집을 나가 버리는 바람에, 결국 혼자 애들 돌보고 청소부로 일하며 지내고 있다. 딱한 처지가 되어 있는데도 남편의 식구들은 늘 뒤에서 그녀를 험담한다. 이태리 남쪽 나폴리 근처가 고향인데 유부남과 바람나 살림 차린 곳이 시댁 바로 근처라서, 거의 매일 시댁을 찾아오니 험담하기 좋은 대상이 된 것이다.

유부남과 바람난 그녀의 어리석음을, 여러 사람에게 여러 상황의 거짓말을 너무 많이 하는 것을, 거짓말로 그녀 엄마에게 수시로 돈 뜯어가는 것을, 쌍둥이 중 한 아이를 심하게 편애하는 것을, 그녀가 뚱뚱한 것을, 남편이 도망간 후 앞가슴이 많이 파인 옷을 입고 다니는 것을…… 소재가 마를 날이 없다.

내가 자주 가는 남편의 고모네 집도 마찬가지이다. 초등학교 교사로 40년을 재직하고 정년퇴직한 고모님은 내게 친절하고 나와 얘기 나누는 것을 즐기시는데 그분 역시 얘기를 나누다가 은근히 목소리를 낮추면서 다른 사람 험담을 하신다. 그런데 고모님과 일대일로 얘기하며 누군가를 험담하는 것에는 나도 보통 이태리 사람처럼 합세한다. 왜냐하면 그 고모가 못마땅하게 여기며 안 좋게 얘기하는 사람이 나도 안 좋아하는 남편의 형수이기 때문이다.

속으로 고상한 척 '왜들 뒤에서 남 흉보나' 하던 내가, 흉보고 싶은 사람이 대상이 되자 참았던 속마음을 털어놓듯 이러쿵저러쿵 흉을 본다. 흉보며 떠들 때의 즐거움을 이해하게 된다. 내가 흉이 없는 사람 같은 착각에 빠지며 황홀해지려고까지 했다. 그러나 돌아서면 뒤끝이 너무 찝찝했다.

남편의 형수도 나를 뒤에서 잔뜩 흉보겠지만 시댁에서 마주치면 서로 미소의 가면으로 대한다. 그녀가 그녀 친정식구들과 내 험담을 할 거라 짐작하고 있고 그녀 역시 내게 가짜 미소로 대한다는 것쯤은 알고 있다. 하지만 그녀가 노골적으로 나와 싸울 의도가 없다면 나는 결코 먼저 시작하지 않을 것이다. 나는 연기를 잘 못하지만, 그녀와는 웃는 가면을 쓰는 연기를 하려고 애쓰고 있다.

나 역시 그런 가면을 쓰고 있긴 하지만, 이태리 사람들이 뒤에선 심하게 험담을 한 사람을 정작 앞에서 마주치면 완전 다른 태도로 친절하게 구는 게 나를 무섭게 했다. 항상 마음 한구석에는 누가 내 험담을 하고 있을까 하는 생각이 노이로제처럼 내리누르곤 했다. 내 눈앞에서 보이는 웃음과 호의들을 그대로 받아들일 수 없게 된 건 분명 슬픈 일이었다.

험담하는 것과 상관없이 수다 떠는 건 이태리 사람들의 일상이다. 이런 수다가 은행이나 우체국 같은 곳에서도 마찬가지라는 게 처음엔 이해가 안 돼서 화가 많이 났다. 은행이나 우체국 직원들이 찾아

온 고객과 안면이 있으면 뒤에 기다리는 사람 상관하지 않고 수다를 떤다. 기다리는 사람들 중에 아무도 뭐라 하는 이가 없다.

이태리 사람은 누구나 다 담당 의사가 있다. 내가 감기에 걸려 처음으로 담당 의사를 찾아갔다. 내 앞으로 세 명의 환자밖에 없어서 금방 내 차례가 되겠구나 싶었는데 두 시간 넘게 기다려야 했다. 담당 의사는 환자의 아픈 곳을 물어보고 약 처방전을 주거나 병원에 갈 수 있는 진료 용지를 주는 일을 한다. 상식적으로 생각하면 시간이 걸릴 일이 없는데, 담당 의사는 자신이 담당하는 환자들을 다 알기 때문에 진료만 하는 게 아니라 이런저런 이야기로 수다를 즐긴다. 내 차례가 되어 의사 진료실에 들어가니 왜 그렇게 시간이 걸리는지 알 수 있었다. 내가 허리를 굽혀 인사를 꾸벅하는 걸 너무 재미있어 하며 진료 중에도 몇 번이고 내게 흉내를 냈다. 의사가 환자를 웃긴다. 자기 환자 중 유일한 동양인이라고 신기해하며 한국에 대해 이것저것 물었다. 30분 넘게 진료실에서 나눈 얘기는 내 감기와 아무 상관없는 것들이었고 대화를 마무리할 때 감기약 처방전을 한 장 써주었다. 3분도 안 걸리는 진료를 30분을 넘기는 걸 당연하게 여겼다.

나처럼 운전을 잘 못하는 사람들에게 짜증나고 자칫 위험할 수 있는 경우가 차도에서 수다 떠는 사람들을 피해 급회전을 해야 할 때다. 찻길을 건너다가 아는 이를 만나면 인도로 올라와서 수다를 시작하는 게 아니라 만난 자리에서 인사하고 안부 묻고 수다를 시작한다.

차를 주차시키고 운전석 문을 열고 나올 때 뒤에 차가 오는지 확인도 않고, 바로 그때 핸드폰으로 전화라도 오면 문을 연 상태 그대로 서서 통화를 한다. 아무리 시골 동네 찻길이라지만 차 다니는 위험한 길인데 수다 떠는 경우들이 다반사다. 이태리 사람들은 그런 점을 또 존중하는지, 어떤 차도 클랙슨을 울리며 방해하지 않고 알아서 기술적으로 핸들을 꺾어 피해간다.

운전에 서툰 나는 몇 번이나 차를 스톱시키고 짜증나 씩씩거린다. 남편이 운전하고 있을 때조차 그런 경우들을 보면 또 짜증을 낸다. 남편에게 몰상식한 사람들을 흉보며 같이 동조해주기를 바라지만 그는 내가 북칠 때 장구를 쳐주는 이가 아니다.

과묵한 편인 이태리 사람들은 있지만 말 그대로 과묵 그 자체인 이태리 사람은 아직 만나보지 못했다. 이태리 사회가 과묵하면 왕따 당하는 분위기라서 그러지 않으려고 말을 많이 한다기보다는, 그냥 이태리 사회 안에선 누구라도 그렇게 되어 버리는 것 같다. 수다를 먹는 재미만큼 즐긴다. 그리고 주로 가족들 사이에서 즐긴다. 수다를 통해 가족의 정을 나눈다. 가족은 이태리 사람에게 매우 중요한 의미를 가진다. 한국 사람들보다 몇 배 더. 내가 이태리에서 진짜 친한 친구를 만나지 못한 결정적 이유가 바로 가족들이 뭉치는 문화 때문이라고 여기고 있을 정도니까.

바에 앉아 혼자 마시는 커피.

식사를 거의 집에서 가족들과 먹고, 대부분 학교나 직장을 마치면 다른 곳에서 시간 보내지 않고 곧장 집으로 돌아온다. 한국처럼 퇴근하고 회식하고 2차, 3차 이어지는 밤 문화가 이곳엔 없다. 밤에 취해 비틀거리는 이를 본 적도 없다. 저녁 식사 전에 주택가는 이미 오밤중처럼 빈 거리가 되어 조용하다. 다들 집 안에서 가족들과 텔레비전을 보면서 이것저것 즐긴다.

그러니 내가 다른 가족 구성원 중 누군가와 친한 친구가 되기란 어려운 것이다. 다들 집에서 식구들과 밥 먹고 식구들과 뭉쳐 쇼핑하고 공원에 가고 기타 등등을 하니까 한국처럼 같이 외식하고 쇼핑하고 밤늦게까지 돌아다닐 친구가 없는 것이다. 밤에 돌아다닐 곳도 없다. 사람들이 밤 문화를 안 즐기니 밤에 나가도 즐길 곳이 없다.

이태리어도 서툴고 운전도 서툴러 동네 슈퍼, 동네 공원, 시댁 외에는 거의 다니지 않고 이태리에 가족 친척이 없는 내겐 남편의 가족이 내 유일한 가족이라 나 역시 거의 매일 시댁에서 밥 먹고 그곳에서 시간을 보내다 보니 친구를 사귈 기회도 없었다. 친구가 되고 싶은 이를 만났다 하더라도 친구 사이로 가까워질 경우를 만들기가 어렵다.

나는 시댁식구들과 그렇게 셀 수 없이 밥을 같이 먹고 많은 시간을 보내는데도 내가 진짜 식구가 되지 못하는 것에 수시로 불편하고 슬퍼지곤 했다. 나는 그들의 가족이지만 늘 간격이 있는 것처럼 느껴진다. 나나 그들 모두 원한 바는 아니지만, 나는 결국 외톨이였다. 결혼으로 만들어진 새 가족에 적응하지 못하고 그렇다고 그 가족을 벗어날 수도 없는 것에 오랫동안 우울증을 앓았다.

내가 수다를 그들처럼 떨 수 있는 날이 그 가족들 사이에 진짜 가족이 되는 날이라고 생각한다. 그런 날이 올 수나 있으려나 싶다.

내 집에서 밥 먹는 행복

남편이 사놓았다는 아파트가 공사 중일 때 수시로 찾아가 얼마나 진행되고 있는지 확인하곤 했다. 이미 건물 공사가 끝나 있었고 문과 창문을 다는 간단해 보이는 일만 남았는데도 완공되기까지 석 달을 기다렸다.

남편은 내가 한국에서 따뜻한 장판 위에서 먹고 잠자며 살았다는 것을 고려해서 집 안 바닥을 나무로 깔았다. 남편은 대리석 바닥보다 더 비싼 나무 바닥을 깔면서도 나를 위해서 큰돈 쓰는 거라는 식의 농담 같은 생색조차 내지 않았다.

아무것도 없는 집이라 부엌부터 집 안의 모든 가구들을 사야 했는데 남편이 거의 집에 없고 나는 당시 운전을 아예 못했기 때문에, 남편의 형과 형수가 시간이 날 때마다 나를 동네 가구점에 데리고 가주었다.

내 돈으로 장만하는 거라면 신이 나서 골라볼 텐데 남편의 돈으로 사야 하는 거라 일단 가격이 저렴한 쪽으로만 비중을 두었다. 남편이 돈이 많은 사람도 아니었지만 무엇보다 그가 얼마나 힘들게 땀 흘리며 버는 돈인지를 아니 그의 돈을 헛되게 쓰고 싶지는 않았다. 남편과 둘이서 가구 장만하러 돌아다니는 것이 아닌지라, 재미는커녕 일단 김이 새는 데다 모든 살림살이를 남편 혼자 부담하는 것이 내 마음을 편치 않게 했다. 혼수 예물을 나도 받지 않았지만 내가 뭔가 새 살림에 보탬이 되어야 할 것 같은 마음 때문이었다.

가구점을 돌아다니면서도 또 이해가 안 되는 일이 있었다. 모든 가구점에 가구 배치 조언가라고 할 수 있는 사람이 있어 손님의 집 사이즈에 맞는 가구 배치를 조언해 주는데 나를 고객상담용 테이블 앞에 앉혀 놓고 30분 넘게 종이 위에, 그것도 자로 반듯하게 선을 그어가며 가구 배치 설명을 해주는 것은 나를 짜증나게 했다. 내가 가구점 내 배치된 가구들을 둘러보고 맘에 들어 구입하고 싶을 때 내 집에 맞게 다시 사이즈 조절만 해주면 되는 것 아닌가. 꼭 그렇게 종이 위에 이렇게 저렇게 그려봐야 하는 것인지 나로서는 이해가 안 됐다.

거의 한 달 동안 시간 날 때 마다 여러 가구점들을 둘러보았다. 남편의 형이 데리고 가는 가구점들은 거의 비싼 가구들만 파는 곳이었다. 남편의 형이 비싸고 좋은 것들만 구입하는 성향이라는 걸 그때는 몰랐었다.

남편 형은 군대 안에 있는 레스토랑에서 홀서빙 일을 하고 있다. 월급이 많을 리 없다. 그런데 그는 프라다 신발을 사고 아르마니 셔츠를 입고 다닌다. 남편 형님네 식구들은 이층집으로 된 시댁 위층에서 살고 있다. 아래층은 시골 농갓집답게 소박한 반면, 위층은 아래층과 분리된 다른 집 같다.

우선 위층 욕실엔 물마사지를 하는 커다란 욕조가 있다. 그 고급 욕조와 고급 욕실 타일만 해도 엄청 비싸게 구입했다고 한다. 각 방과 거실의 가구들도 동네에서 제일 비싼 가구를 파는 곳에서 구입했다고 한다. 남편은 형의 분수에 안 맞는 사치를 못마땅해 했다. 매달 할부금 나가는 생활에서 벗어나지 못하는 형에게 혀를 찼다.

남편의 형은 결혼식도 분수에 넘치게 호화롭게 했고 신혼살림도 다 할부로 구입했기 때문에 결혼 후에 다 갚는 데 몇 년이 걸렸다고 했다. 할부가 끝나면 곧장 다른 할부거리를 만드는 게 그의 형이라는 것을 지금은 나도 잘 알고 있다. 얼마 전에 아들 방을 큰돈 들여 새로 공사하고 새 가구 역시 비싼 것으로 구입했는데 아들 방 꾸미는 데 든 돈을 다 지불하면 부엌을 새로운 스타일로 바꿀 계획이라고 했다.

남편의 형이 얼마 되지도 않는 월급을 그렇게 집 가꾸거나 멋 내는 데 쓸 수 있는 건 그가 부모님과 같이 살면서 모든 생활비를 부모님에게 의존하기 때문이었다. 수도세, 전기세, 물세, 전화요금, 다 부모님이 지불한다. 식비도 들지 않는다.

시댁 식구들은 아침엔 그냥 커피 한 잔만 하기 때문에 아침식사 차리는 비용이 들지 않는다. 점심은 아래층에서 시어머니가 모든 식구들을 위해서 준비하고 남편 형네 식구들은 식탁에 점심 차려지면 와서 먹기만 하면 되니 점심식사 비용도 들지 않는다. 점심은 푸짐하게 먹지만 저녁은 거의 안 먹거나 냉장고에 남아 있는 간단한 뭔가를 먹기 때문에 저녁식사 비용도 들지 않는다. 남편 형의 아들이 인스턴트 음식에 중독되어 있어 슈퍼 냉동실 제품들은 여러 종류로 위층 냉동실에 준비돼 있지만 이런 제품들은 가격도 싸니 얼마든지 쌓아놓고 먹을 수 있다.

남편 형은 자식을 위한 사교육비도 신경 쓸 필요가 없다. 이태리에서는 한국 같은 사교육의 개념조차 없다. 남편의 조카를 시집와서 처음 만난 게 아홉 살 초등학생일 때였는데 지금은 고등학생이 되었다. 조카는 그때부터 고등학생인 지금까지 점심을 집에서 먹는다. 초등학교부터 고등학교까지 수업이 오후 한두 시면 끝나 집에 와서 식구들과 점심을 먹는다는 것을 한국에 있는 학생들이 안다면 얼마나 부러워할까 싶다.

부모가 공부하라고 닦달하지 않는다. 학교에서조차 공부를 사회적 성공과 연결 짓는 세뇌교육을 하지 않는다. 오전에 공부하고 오후엔 논다. 공부는 꼭 할 만한 1~2%의 재목들만 알아서 열심히 공부한다. 그들이 나중에 이태리의 엘리트 그룹이 되는 것이다.

남편의 조카는 공부에 아무 재미를 들이지 못했다. 그 아이는 초등학생일 때 플레이스테이션 원에 푹 빠져 지내더니 중학생일 때는 플레이스테이션 투에, 고등학생이 된 지금은 플레이스테이션 쓰리에 빠져 지낸다.

형제이지만 남편은 형과 다른 성격을 가지고 있다. 한 푼도 헛되게 쓰질 않는다. 돈을 아끼지만 돈을 싫어한다. 돈은 디아볼로(악마)라면서 돈을 좋아하는 순간 악마의 손에 넘어가는 거라고 수시로 얘기한다. 남편 형도 역시 돈을 디아볼로라고 말하는데 그래서 갖고 있지도 모으지도 말고 그때그때 써버리자는 태도를 고수하는 것이 남편과 다른 점이다. 남편은 돈처럼 시간도 일 분을 허투루 쓰지 않는다.

일을 그렇게 중노동자처럼 하면서도 어쩌다 쉴 수 있는 시간에도 뭔가 할 거리를 찾아 움직인다. 하다못해 욕실 변기 나사 풀어진 것 조이는 일이라도 한다.

거의 한 달간 남편의 형과 가구점을 돌아다녔어도 마음에 들면서도 가격이 저렴한 것을 찾지 못했다. 남편이 장기간 출장에서 돌아와 쉬는 날 함께 가구점을 둘러보았다. 남편은 먼저 고급 가구점으로 가서 가구 배치 전문 조언가의 얘기를 들었다. 남편은 우리 집처럼 작은 사이즈의 부엌에 맞는 구조를 전문가로부터 듣고 중저가의 가구점으로 갔다. 그리고 이전 고급 가구점에서 얻은 아이디어 배치 구조로 부엌 가구들을 주문했다. 일자구조로 싱크대와 찬장을 하려고 했던 것을 기역자 모양으로 훨씬 실용적인 구조로 바꾼 것이다. 거실에 놓을 소파도 기역자로 선택해 누운 자세로 텔레비전을 볼 수도 있고 펼치면 침대가 되도록 했다. 집이 작으니 손님방이 따로 없는 대신 손님용으로 쓸 침대였다. 방 두 개 중 큰 방에 들어갈 가구는 한 벽이 움푹 들어간 곳에 벽 색깔과 같은 하얀 붙박이장을 두었고, 다른 한 벽은 고급 가구점에서 본 디자인과 비슷한 약간 모던하면서도 심플한 옷장을 선택해 우리 집 벽 사이즈에 맞추었다.

남편과 같이 움직이니 반나절도 안 걸려 집 안 가구가 다 해결되었다. 한 가구점에서 다 구입한 후 일 년 동안 남편은 할부로 갚았다. 주문한 가구가 집으로 배달되기까지 한 달 이상이 걸렸다. 이태리에선 뭐든지 너무 느리게 일이 처리되는 것에 나는 늘 투덜거린다. 시간이 더디게 걸렸지만 집 안에 나무 바닥이 깔리고 주문한 가구들이 배달돼 배치되니 진짜 신혼집 분위기가 나는 것 같아 투덜대던 입에 미소가 지어졌다. 남편은 우리의 새 집으로 들어가는 것을 서두르고 싶어 하지 않았지만 나는 가구가 들어오는 날 바로 짐 챙겨 들어왔다. 남편과 축하주를 마시기 위해 포도주를 한 병 샀다. 남편과 나는 플라스틱 컵에 포도주를 따라 "아우구리!(축하해!)" 하며 자축했다. 나는 기분이 좋아 벌컥벌컥 맥주 마시듯 포도주를 비웠다. 언제나 나를 웃겨주는 남편의 농담에 까르르 까르르 웃으며 마셨다. 술을 잘 못하니까 조심해야 하는데 내 집이라는 안도감과 흥분으로 포도주 한 병을 내가 거의 비웠다.

새 집에 들어온 신혼부부의 첫날밤이라 포도주 마시고 로맨틱하게 보내고 싶었는데 술병을 다 비우자마자 속이 전쟁터 같아졌고 바로 욕실로 달려가야 했다. 변기를 붙잡고 몸이 탈진할 때까지 계속 토하고 말았다. 새 집에 들어온 축하 파티가 지저분하게 끝났다.

남편이 다시 출장을 떠나자 나는 기차를 타고 로마의 한국 식품점으로 가서 라면과 김치와 3분요리 식품들을 샀다. 시댁이 아닌 내 집에서 마음대로 먹고 싶은 걸 먹게 되었지만 내가 요리할 수 있는 게 없었다. 친정 엄마를 그리워하다가 내게 요리하나 가르쳐준 게 없다는 사실을 상기하자 바로 원망스러웠다.

아쉬운 대로 라면을 끓여 김치와 먹으니 어느 고급 레스토랑에서 먹는 것보다 더 만족스러웠다. 라면에 갖가지 야채를 넣어 끓여 먹기도 하고 일반적인 방법으로 계란과 파만 첨가해서 먹기도 하고 떡가래를 넣어 떡라면으로 먹기도 하고 국물을 넉넉히 잡아 밥을 말아 먹기도 했다. 매일 다른 맛의 라면을 먹는 게 행복했다. 점심은 주로 라면 먹고 아침은 교통사고 후부터 먹기 시작한 생식을 우유에 타서 먹는 게 다였다. 저녁은 쌀로 냄비밥을 해서 3분요리 국과 찌개로 반찬 없이 해결했다.

부실하기 짝이 없이 먹었지만 파스타를 매일 안 먹어도 돼서 행복했다. 내 집에서 밥을 먹을 수 있어서 그저 행복했다.

오토바이로 장보기

영화 〈로마의 휴일〉을 보면 공주가 베스타라고 칭하는 스쿠터를 타고 로마 시내를 휘저으면서 말썽을 피우는 장면이 있다. 그 귀여운 소동은 보는 사람들에게 베스타를 한 번쯤 타보고 싶게 만든다.

영화는 50년대에 찍었지만 그때나 지금이나 오토바이 타고 다니는 이태리 사람들은 여전히 많다. 내가 사는 동네에서 스쿠터는 주로 청소년들과 이십 대 초반의 청년들이나 아가씨들이 타고, 이십 대 중반이 넘은 청년들은 폼 나는 중형오토바이를 타고 다닌다.

오토바이가 차보다 기름을 적게 먹고 차가 막힐 때도 달릴 수 있으며 주차할 곳 못 찾아 빙빙 돌 필요도 없어서, 많은 사람들이 타고 다니는 것이다. 무엇보다 이태리가 북유럽처럼 비가 자주 오거나 춥지 않고 햇볕에 관해선 후하게 복 받은 나라인지라 오토바이 타기엔 제격이다.

그런데 오토바이라는 게 위험해서 사고가 잦다. 이태리는 차도에서 사고가 나면 사고 난 지점에 꽃다발을 놓는다. 내가 사는 작은 동

역 앞에 세워진 오토바이들. 역에 오토바이를 두고 로마로 기차를 타고 일하러 간다.

꽃다운 나이의 청소년이 오토바이 사고로 사망한 곳. 사망 지점에 사진과 꽃다발을 놓곤 한다.

네 찻길에도 꽃다발을 볼 경우가 꽤 잦다. 오토바이 사고가 제일 많다.

남편과 가까운 친구의 아들도 오토바이 사고로 꽃 같은 청춘에 세상을 떠났다. 아주 잘생긴 청년이었다. 오토바이를 산 지 일주일 만에 일어난 사고였다. 남편 친구는 위험해서 못 사준다고 아들과 심하게 싸웠지만 그의 아내가 아들이 그렇게 원하니까 사주자고 해서 결국 마지못해 사주었다고 했다. 여자친구를 뒤에 태우고 다니며 신나했겠지만 겨우 일주일 타고 영영 못 타게 되었다. 트럭 밑으로 깔린 끔찍한 사고라서 경찰도 부모에게 죽은 아들을 보여주지 않았다고 했다.

나는 교통사고에 대한 겁이 많은데 차 없이는 가고 싶은 곳으로 이동할 수 없는 이태리 시골에 살게 되어 하는 수 없이 운전을 배워야만 할 상황이 되었다. 면허증은 십 년 전에 땄지만 한국에서 운전해본 적이 없어 운전을 아예 못하는 사람과 마찬가지였다. 그것도 여러 번 떨어지고 간신히 딴 면허증이었다.

새 아파트로 이사 오니 먹거리며 살림에 필요한 것들이며 매일 사야할 것들이 생기는데 남편은 출장 다니느라 집에 없고 차 운전도 못하고 슈퍼는 멀어, 집에서 발만 동동거리곤 했다. 걸어서 십여 분쯤 거리에 작은 구멍가게가 있긴 했지만 큰 슈퍼에서 사야할 것들이 많았다. 남편이 어쩌다 집에 오면 큰 슈퍼에서 일주일치 정도의 장을 보지만 그래도 살 거리는 매일 새록새록 생긴다. 사람 사는 데 왜 이렇게 필요한 것들이 많은 것인지, 참 놀랄 일이다.

한국처럼 차 없어도 대중교통이나 택시를 이용할 수 있으면 좋으

라티나 역 택시 정거장. 동네에서 유일하게 택시를 탈 수 있는 곳이다. 아니면 전화를 걸어 택시를 불러야 한다.

런만 이태리는 택시비가 너무 비싸다. 그리고 한국처럼 집 밖에 나와 손만 들면 택시가 서주는 시스템이 아니다. 우리 동네에서 택시가 손님을 기다리는 곳은 동네 기차역 앞뿐이다.

내가 급하게 택시를 타야할 경우가 생기면 택시 회사로 전화해서 택시를 불러야 한다. 택시 요금이 내가 택시에 타면서 계산되는 게 아니라 내가 전화로 택시를 부르고 그 택시가 내게 오면서부터 시작된다. 팁도 줘야 한다. 비싸니 비상시가 아니면 택시를 이용하지 않게 된다. 그리고 집집마다 다들 차가 있으니 택시를 타는 사람들이 아주 적다. 택시는 다 하얀색이다. 그래서인지 이태리 사람들이 하얀 차를 타고 다니는 이가 적은 것 같다.

대중교통이 편한 곳은 로마 같은 대도시에 국한된다. 일반 도시에서 대중교통은 마을버스가 전부이다. 삼십여 분마다 지나가고, 다니는 노선이 큰 찻길에 국한된 짧은 노선이다. 내가 버스를 이용해서 마을 중심가로 가려면 집에서 버스 정류장까지 이십 분을 걸어야 하고, 버스가 막 지나가 버렸으면 다시 삼십 분을 기다려야 한다. 불편할 때와 기다릴 때 화가 안 나는 사람들만 이용하면 된다.

차 운전은 무섭고 대중교통도 마땅치가 않아 또 남편에게 불평을 했다. 나는 남편에게 한국이 얼마나 대중교통이 잘되어 있는지 그가 듣기 싫을 정도로 얘기했다. 한술 더 떠서 캐나다 밴쿠버 있었을 때 차 없이 생활하는 게 얼마나 편했는지 얘기했고 그럴 때마다 남편은 내게 결혼한 여자처럼 말하라고 했다. 성숙해지라는 의미였지만 나는 이태리에서 쌓여가는 불만들을 도저히 성숙하게 해결해내질 못했다.

남편은 내게 시간이 날 때마다 운전을 가르치기 시작했다. 먼저 차가 안 다니는 공터로 가서 내 운전 실력을 알아보았다. 그는 내가 어떻게 면허증을 딸 수 있었는지 의심했다. 이태리처럼 내가 한국 마피아를 통해 면허증을 딴 게 아니냐고 진지하게 묻기까지 했다.

그는 내가 운전을 배우려면 시간이 걸릴 듯하니 그때까지 그의 오토바이를 타고 다니라고 했다. 그냥 중심만 잘 잡으면 되니 동네에서 타고 다니는 건 위험하지 않을 거라면서. 하지만 내가 워낙 운동신경이 없다 보니 오토바이조차 오른손 핸들에 있는 액셀을 잘 조절하지 못해 곤욕이었다. 좀 속도를 낼라 치면, 경운기 속도로 달리다 갑자기 튕겨나가 깜짝 놀라는 식이었다. 나는 결국 경운기 속도를 그냥 유지하면서 달리기로 했다. 나의 안전한 결정은 내 뒤에서 달려오는 차들을 많이 화나게 해서 오토바이를 타고 밖으로 나가면 클랙슨 소리를 내내 들어야만 했다.

그래도 내 집에서 가장 가까운 대형 슈퍼를 갈 수 있어서 좋았다. 그런데 문제는 장을 본 봉지들을 오토바이 어디에 놓느냐, 였다. 둘 곳이 다리 사이밖에 없어 장을 되도록 적은 부피로 보고 다리 사이에 둔 채 집으로 덜덜거리며 되돌아왔다. 새로운 아이디어는 배낭을 준비해 장본 것을 배낭 가방에 넣어 어깨에 메는 거였다. 장본 배낭을 등에 메고 시속 40킬로로 덜덜거리며 오토바이를 타고 시골길을 다니는 나는 시골 아줌마 그 자체였다. 베스타를 탄 오드리 헵번의 예쁜 모습과 달라도 너무 달랐다.

평상시에는 오토바이를 타고, 남편이 집에 있는 날엔 운전을 배웠다. 한국은 거의 모든 차들이 오토매틱이지만 이태리에서 오토차를 보는 경우는 드물다. 그래서 덩치도 크고 수동식인 남편의 차를 운전하는 법을 배우기는 더 더딜 수밖에 없었다.

남편에게 왜 이태리 사람들은 그 편한 오토로 운전하지 않느냐고 물어보았다. 남편의 말로는 차 기름값이 수동보다 많이 들고, 또 수동식보다 고장도 잘 나고 수리비도 더 비싸다고 했다.

내가 보기에는 이태리 사람들은 불편한 것과 편한 것의 개념이 일반적인 인식하고 다르다. 일반 사람들은 불편한 것보다 편한 쪽을 선호하는 게 당연하다고 여기지만 이태리 사람들은 편한 쪽을 선택하는 대신 원래 익숙한 것을 유지하는 쪽을 택한다. 새로운 것으로 바꾸고 싶어 하지 않는다.

그래서 컴퓨터가 아직도 일반적으로 사용되지 않고 여름철 40도가 넘는 더위에도 에어컨을 사용하는 사람들이 드물다. 이태리 사람은 오래간만에 식구끼리 외식을 해도 뭔가 평상시 안 먹어보는 별식을 찾지 않는다. 역시 파스타를 먹는 이태리 식당으로 간다. 내가 시댁 식구들에게 우리 집에 와서 한국 음식을 먹어보라고 몇 번이나 권했지만 먹어보기도 전에 이미 마음이 닫혀 있어서 내가 무안할 정도로 단호하게 고개를 저었다. 이태리 사람한텐 이태리 음식이 최고라는 마인드가 강하고, 새로운 변화 역시 반겨하지 않는다.

남편은 인내심을 가지고 내게 운전을 가르쳐주었다. 자신이 시험관이라면 나는 계속 불합격이라고 말하면서도 화는 내지 않았다. 한국에선 남편이 아내에게 운전을 가르쳐 줄 때 기분 상할 정도로 구박하는 경우들이 많은 걸 생각하면 한 번도 화내지 않고 감각 둔한 초보 운전자를 코치해 준 남편이 고마웠다.

주행을 어느 정도 배우고 주차하는 것을 제대로 배우기 전에 남편 차를 혼자 몰기 시작했다. 이제 오토바이 대신 차를 운전해서 장을 볼 수 있게 되었다. 여전히 내가 운전하면 주위 차들이 클랙슨을 울리지만 무시해버리는 것에도 익숙해졌다. 주차는 사선 모양으로만 할 수 있고 일자로 주차된 두 차 사이에 주차하는 것은 하질 못해 내가 주차할 수 있는 공간이 생길 때까지 빙빙 돌거나 기다리거나 했다.

내가 새 아파트로 입주하고 한 해 지난 다음 겨울이 되었을 때 차 대신 다시 오토바이를 타고 다녀야 할 일이 생겼다. 차를 도둑맞은 것이다. 내 아파트 주차장에서. 내가 사는 아파트 일 층이 주차장이고 아홉 가구 각자의 주차공간이 있다. 개인 주차공간이 없는 아파트에서 차를 건물 밖에 주차하는 것보다는 안전하다고 볼 수 있다. 그리고 건물로 차를 진입시키려면 개인 리모컨으로 자동 철문을 이용해야 하니 차 도둑을 맞는다면 그저 차 스테레오 정도 훔쳐가거나 할 수 있다. 그런데도 차를 도둑맞았다.

아침에 일어나 남편과 아침으로 먹을 크로와상을 사러 나가려고 주차장으로 내려가 보니 있어야 할 차가 보이지 않는 것이었다. 순간 마음이 철렁했는데 남편이 어젯밤 혹시 집 밖에다 주차해둔 건 아닌지 싶기도 해서 아래층 인터폰으로 남편에게 차를 어젯밤 어디다 주차했냐고 물었다. 잠에서 막 깬 남편이 놀라 지금 무슨 소리 하고 있느냐고 되물었다. 그리고 파자마 바람으로 달려 내려왔다. 사고를 예감한 군은 얼굴이 되어 내려온 남편은 차가 없어진 것을 보고 기도하듯 손을 모으고 하늘을 향해 앞뒤로 흔들었다. 왜 이런 일이 생겼냐

오토바이를 탄 이태리 경관.

고 하늘에 묻는 거였다. 차가 있던 바닥을 자세히 보니 차 문을 딴 흔적이 남아 있었다. 여간해서 화를 내지 않는 남편도 남편이 할 수 있는 모든 욕들을 내뱉으면서 흥분했다.

우선 경찰에 가서 신고부터 해야 하는데 당장 차가 없어서 남편 형수가 와서 우리를 경찰서로 데려다 주었다. 너무 어이가 없었던 게 남편이 계속 지불해 오던 차 도난 보험을 차 도둑맞기 일주일 전에 취소했다는 것이다. 차를 주차해 두는 곳이 남편의 엄마 집 아니면 우리 집인데 둘 다 안전하다고 생각했고, 또 우리 차가 낡아가고 있으니 누가 훔치고 싶어 하지도 않을 거라고 여겨 보험료를 줄이려고 취소했다는 것이다.

왜 하필 도둑맞기 일주일 전에 취소했냐고 가뜩이나 속상해하는 남편 속을 내가 한 번 더 긁었다. 남편이 아무 말도 할 수 없는 게 차 도둑맞기 전날 또 하필 그날따라 여분의 차키를 차에 깜빡하고 그냥 놔둔 데다가, 도둑이 자동 철문도 잘 열고 가시라고 리모컨까지 차 안에 둔 것이었다.

경찰서에 신고하고 시댁으로 오니 남편의 부모님이 모두 울고 있었다. 시어머니가 우는 것은 이미 자주 보았지만 시아버지가 우는 것은 처음 보았다. 아들 차 도둑맞은 것 정도로도 우시는 시부모님의 순진함에 난 속으로 미소까지 지어졌다. 나도 잘 우는 편이지만 차 도둑맞은 것이 속상해도 울 만큼 슬픈 일은 아니라고 생각했기 때문이다.

남편은 훔친 차를 동네 어딘가에 버려두었을지 모르니 찾으러 다녀야겠다고 하는데 찾으러 다닐 수 있는 차가 없었다. 남편 형수도 남편 형도 차가 있지만 둘 다 각자 써야 해서 우리에게 차를 임시로 쓰게 해줄 수가 없었다.

결국 남편과 나는 오토바이를 타고 동네를 돌아다녔다. 나는 남편 등 뒤에 타고 있는 거였지만 겨울이라 너무 추웠다. 여기저기 차 찾으러 돌아다니다 집으로 오면 얼굴이 얼어붙어 말이 안 나왔다. 그래서 찾기만 했어도 좋았으련만 결국 찾지 못했다. 경찰 말로는 보통 루마니아인 같은 동구권 사람들이 차를 훔치는데 차를 훔쳐 잔뜩 물건을 싣고 자기네 나라로 간다고 했다. 그러니 찾을 가능성이 없다고 생각하라고 했다.

나는 빨리 중고차라도 싼 걸로 구입해서 겨울에 오토바이 타고 다니는 것부터 면하고 싶었는데 한 고집하는 남편이 꼭 찾을 것 같은 느낌이 있으니 기다려 보자고 했다. 경찰도 주위 사람도 다 가능성이 없다고 하는데도 남편 혼자 찾을 수 있다고 우기는 게 나는 답답했다.

남편은 속이 상한 채 다시 출장을 떠났고 나는 혼자 오토바이를 타고 급한 볼일들을 봐야 했다. 머리에 안전모만 쓰면 추워서 머플러로 볼과 입 주위를 가리고 안전모를 썼다. 훨씬 덜 추웠는데 누가 보기에는 가관이었을 거다. 아파트 아래층 할아버지가 주차장에서 나를 보고 순간 뒷걸음을 쳤을 정도였다. 옷도 최대한 겹겹이 입어 비만한 몸집으로 다녔다.

차 도둑맞고 한 달이나 지나도록 남편이 새 차 사는 걸 미루니까 내가 화를 내기 시작했다. 겨울 내내 오토바이를 타고 다닐 수 없으니 제일 싼 중고차라도 당장 사자고 졸랐다. 남편은 여전히 찾을 것 같은 확실한 느낌이 있다고 얘기하면서도 내 생각을 해서 중고차를 보러 다니기 시작했다.

신중한 남편이 중고차도 그냥 대충 싼 걸로 고르지 않고 여러 차를 비교하면서 고르는 바람에 또 우리는 오토바이를 타고 그 추위에 이곳저곳을 돌아다녔다. 이웃 동네에 큰 중고차 매장이 있으니 그곳도 가보자고 해서 오토바이로 찾아가 둘러봤다. 그날은 유난히 추웠는데 먼 길을 달려서 얼굴이 정말 마비되는 것 같았다. 그 매장에서 우리 형편에 맞으면서 쓸 만한 한 중고차를 찾았고 사기로 결정을 내렸다. 남편은 출장을 다녀오는 대로 차를 사겠다고 했다.

그렇게 남편이 떠나 있을 때 경찰로부터 전화를 받았다. 차가 로마 어디에 버려져 있으니 지금 당장 찾으러 오라는 내용이었다. 차를 찾았다는 소식에 나는 흥분하며 남편에게 전화를 하니 남편 역시 기뻐하는 목소리로 자기가 찾을 거라고 말하지 않았냐면서 내게 경찰이 얘기한 장소로 가서 차를 찾아오라고 했다. 마침 나는 로마 시내에 있었기에 급히 택시를 타고 30분 만에 그 장소에 도착할 수 있었다.

내 차를 되찾게 되어 좋았던 마음이 막상 차 상태를 확인하게 되자 소름까지 돋았다. 차 앞과 옆의 유리 다 박살나 있었고 차 안팎 여기저기 찌그러져 있었다. 차 안에 두었던, 남편 생일선물로 산 비싼 선글라스도 물론 없어졌다. 남편이 스위스에 갔을 때 내가 특별히 사오라고 해서 가져온 진저아일 음료수 한 박스까지 도둑들이 싹 다 마셔버렸다.

경찰은 내 신분증을 확인하고 무슨 서류에 사인만 하게 한 다음 내가 알아서 차를 집에 가지고 가라면서 그냥 가버렸다. 남편이 견인차가 있는 친구에게 연락했고 그 친구를 기다리는 두 시간 내내 행여

또 없어질까 봐 추위도 차 옆에서 지키고 있다가 견인차를 타고 시댁으로 왔다.

그 차를 고치는데 거의 중고차 사는 돈이 들었지만 남편은 차를 되찾아 아주 만족해하면서 고쳤다. 뭐든지 느린 곳에서 사니 차 고치는 것도 시일이 걸렸다. 그 차가 고쳐지는 동안 나는 또 오토바이를 타고 다녀야 했다.

계속 타고 다니다 보니 나중에는 자신감까지 생겨 시속 팔십 킬로로도 달렸다. 차 없어도 쭉 오토바이를 타고 다닐 수 있을 것 같기도 했다. 왠지 조금은 이태리 여자가 된 것 같은 생각이 들기도 했고.

오토바이로 등하교하는 남편의 조카.

두 번째 결혼식

한국에서 결혼식을 했어도 이태리에서 혼인 신고를 하려면 시청에서 결혼식을 올리고 결혼증명서를 받아야 했다. 한국에서 남편이 그의 가족 없이 식을 올렸으니 이번에는 내가 내 가족 없이 식을 올려야 했다.

시청에서 올리는 결혼식은 매주 토요일만 가능하고 결혼식 신청을 하면 시청에서 정해주는 날 식을 올릴 수가 있다. 결혼 시즌인 봄이라 예약이 많아 여러 주를 기다려야 했다. 우리는 3월에 결혼 신청을 했는데 5월에 식이 잡혔다. 지역 신문에 결혼하는 커플 명단이 실린다.

이태리 사람들은 시청에서 간단하지만 법적인 결혼식을 올리고 나서 다시 날을 잡아 성당에서 제대로 갖춘 식을 올린다. 시청에서 올리는 결혼식은 경비가 안 들지만 성당에서 올리는 결혼식은 많은 돈을 써야 한다. 가까운 가족 친척들에게 기념품을 선물하고 근사한 식당에서 비싼 식사를 하기 때문이다. 여유가 없으면 신혼여행을 포기해도 결혼피로연 비용은 분수에 넘치도록 쓴다.

나는 한국에서도 돈 안 드는 아주 경제적인 결혼식을 올렸는데 이태리에서 무리하면서까지 보기에만 근사한 결혼식을 하고 싶진 않았다. 이태리에서 하는 결혼식 비용은 남편이 해결한다고 했지만 우리 살림 비용을 그렇게 쓰게 하고 싶지 않았다. 그래서 내가 남편에게 이미 한국에서 정식으로 결혼한 거나 다름없으니 결혼신고를 하기 위해서 그냥 시청에서만 간단하게 다시 결혼하자고 했다.

남편도 동의해 주었다. 허세부리는 것을 좋아하는 이태리 사람들과 다른 남편이 좋았다. 남편의 부모님은 그런 우리의 결정을 몹시 못마땅해 했다. 성당 결혼식이야말로 제대로 된 결혼식이라는 의견이었다. 가까운 친지들에게 성대한 피로연으로 실컷 먹이며 당신네 아들의 결혼을 폼 나게 자랑하고 싶은 거였다. 나와 남편은 시부모님의 욕심을 무시했다. 시어머니는 몇 년이 지난 지금까지도 그게 속에 맺혀 있어 우리가 제대로 결혼식을 올리지 않아 속상하다고 얘기할 때가 있다.

시어머니가 남편의 형이 얼마나 근사한 피로연을 했는지 종종 얘기하면 나는 남편 형이 결혼피로연과 결혼하면서 집을 새로 꾸미는 데 얼마나 많은 빚을 지고 몇 년에 걸쳐 빚을 갚았는지를 되받아 얘기하고 싶어 목구멍이 근질거렸다.

시청 결혼식 날에 나는 한복을 입었다. 남편 형수가 나를 그녀의 단골 미용실로 데려가 주어 머리를 한복에 맞게 올렸다. 남편 형수의 친구이기도 한 미용사가 자신감 넘쳐 하며 신부 화장을 해주겠다고 했다. 그래서 화장을 맡겼는데 눈 주위를 파란색과 검은색으로 진하게 칠하고 볼은 빨갛게, 입술은 더 빨갛게 칠해 놓았다. 나는 화를 내고 싶었지만 결혼식 날 신부이니 참아야 했다. 게다가 남편 형수의 친구라서 더 참아야 했다. 정말 맘에 안 드는 엉망진창의 신부 화장을 남편 형수는 괜찮다고 했다. 예쁜 신부가 되고 싶은 내 심정에 그녀가 관심 없다는 것을 알고 있기에 그녀의 괜찮다는 말이 전혀 위로가 되지 않았다.

한복은 미용실에서 머리와 신부 화장을 마치고 입었는데 미용실에 있던 모든 이태리 여자들이 한복의 아름다움에 감탄하며 내게 예쁘다고 해주었다. 그런데 정작 남편의 형수는 나에게도 한복에 대해서도 아무 말도 하지 않았다. 그래도 그날 나를 도와줄 수 있는 유일한 여자라서 고마운 마음만 가지려고 애썼다. 한복을 입고 시청에 도착하자 남편도 그의 친척들도 다 한복 입은 나를 예쁘다고 해주었다. 하지만 나는 여전히 속으로 화장이 맘에 안 들어 속상했다.

라티나 시청에서 올린 두 번째 결혼식.

결혼 주례는 보통 시장이 한다고 하는데 그날 내 결혼 주례는 시청 직원 아줌마가 했다. 이태리 말을 거의 못할 때여서 그 주례가 읽어나가는 결혼식 주례사들을 이해하지 못했다. 다행히 이십여 분 만에 간단히 끝났고 신랑이 신부에게 입을 맞추라고 할 때만 알아들었다. 박수를 받으며 시청 결혼식이 끝났다.

시청 결혼식 후 레스토랑에서 가족과 가까운 친지들과 점심을 먹었다. 결혼피로연 분위기가 아닌 그냥 외식하는 분위기였다. 친지들은 우리가 성당에서 다시 결혼할 것을 생각하며 그때 진짜 피로연 분위기로 놀아야지, 하고 생각하고 있는 것 같았다. 그래서 그날 우리가 받은 시청 결혼식 선물들은 얼마 되지 않았다. 다 접시와 컵 종류였다. 우리가 성당 결혼식을 할 때 더 좋은 선물들을 해줄 생각을 하고 있는 거였다. 그러니까 성당 결혼식은 결혼하는 당사자들에게도 초대받은 사람들에게도 양쪽에서 경제적인 부담이 되는 일이었다.

점심을 먹고 집으로 돌아와 잠시 낮잠을 잤다. 이태리에선 결혼식 날 역시도 점심 후에는 낮잠 시간을 가지는 게 재미있었다. 저녁식사는 남편의 부모님 집에서 하우스파티를 가질 예정이었다. 시청 결혼식에 초대하지 않았던 조금 먼 친척들, 이웃들, 친구들을 초대했다.

그날 하우스파티를 제일 많이 도와준 이가 남편의 형이었다. 레스토랑 서빙 일을 해서이기도 하지만 테이블 차리고 장식하고 음식을 여러 가지 알맞게 준비하고 하는 것에 아주 특별한 재능을 가지고 있다. 일부 메뉴는 식당에서 주문 배달받고 다른 메뉴들은 남편의 어머니와 형수와 친척들이 만들었다. 그날 여러 가지 케잌을 남편 형수가 만들어 준 것은 고마웠다. 나를 위해서라기보다는 파티에서 그녀의 역할을 보여주기 위한 것이었지만, 그래도 고마운 일이었다.

낮잠을 자고 다시 한복을 차려입고 시댁으로 가니 이미 이렇게 잔치 테이블이 차려져 있었고 곧이어 초대받은 사람들이 오기 시작했다. 남편이 당시 일했던 로마 한인 여행사 한국인 가이드들도 초대되어 왔다. 나는 우리 동네에 사는 한국인 유학생들을 초대했다. 같은 교회를 다니는 유학생들이어서 기꺼이 와주었다. 남편과 나는 초대받은 사람들과 골고루 인사하며 파티 주인공 역할을 했다. 준비한 음식이 다 맛있어 다들 만족해 하며 먹었다.

많은 사람들의 진심어린 축하를 받으면서 마음이 벅차올랐다. 시집온 후 몇 개월 동안 이태리 흉만 보면서 지내다가 이렇게 훈훈한 축하를 받게 되자, 흉본 마음이 부끄러워졌다. 한국인 가이드들과 유학생들이 거의 성악 전공자들이어서 멋진 축가도 불러 주었다. 〈오 솔레미오〉가 불려질 때 시아버지는 좋아서 입을 다물지 못했다. 모인 이태리 사람들도 "브라보"를 외치며 좋아했다.

계속 참으려 했던 눈물이 흐르고 말았다. 남편이 한국에서 가족 없이 혼자 결혼식을 올릴 때 왜 눈물을 흘렸는지 알게 되었다. 가족이란 그런 것인가 보다. 한 집에서 있으면 거추장스러워질 때가 많아도 너무 멀리 떨어져 있어, 슬픈 일 기쁜 일을 함께하지 못할 때는 마음의 상처 위에 소금을 뿌린 듯 가슴이 저민다.

파티가 마무리될 때 나와 남편은 웨딩 케익을 잘랐다. 사람들이 테이블을 두들기며 "바쵸, 바쵸(키스, 키스)"를 외쳤다. 나와 남편은 시청 결혼식 때처럼 사람들 앞에서 입을 맞추었다. 둘 다 수줍음이 많아 찰나적으로 쪽 하는 입맞춤이었다. 그리고 샴페인을 터트렸다.

시청에서 결혼식을 마친 후 시댁에서 즐긴 피로연.

내겐 더 바랄 것 없는 결혼피로연이었다. 남편 부모님이 이 정도에 만족하지 않는 게 이해가 안 될 정도였다. 가톨릭 국가라 성당에서 신부님 앞에서 올리는 식 자체에도 많은 의미를 두기 때문이기도 한 것 같다.

아무튼 나는 두 번이나 결혼식을 했고 법적으로 이태리인과 결혼한 여자가 되었다. 그런데 이태리 사람들과 같은 문화 속에서 여러 해 살다보니 나도 모르게 이태리 마인드로 변해 가는지 성당에서 세 번째 결혼식을 하는 게 좋았을지도 모른다는 생각이 들기도 한다. 남 뒷얘기 하기 좋아하는 이태리 사람들이 남들로부터 뒷얘기 듣지 않으려고 남들 하는 대로 똑같이 하는 것에 나 역시 조금씩 물들어가고 있는 것 같기도 하다.

이태리는 공사 중

결혼식에서 받은 따뜻한 감동을 유지하며 지내고 싶었는데 감동과 감사가 반딧불처럼 약하게 꺼지고 말았다. 결혼식을 올리고 얼마 안 된 어느 날 이른 아침, 아직 침대에서 자고 있는데 갑자기 쿵쿵 소리가 들리며 내 침대가 흔들릴 정도로 아파트 건물이 흔들거리는 것이었다. 놀란 나는 잠도 덜 깬 채 무슨 일인가 싶어 창밖을 내다보니 내가 사는 아파트 옆 공터에서 커다란 포클레인이 땅을 파고 있는 거였다.

남편이 아파트를 살 때 건물 사무소에서 우리 아파트 건물 옆으로 건물이 지어지지 않을 거라고 해서 전망이 좋을 것 같아 결정하고 샀는데 우리 건물이 완공되자마자 바로 옆으로 공사가 시작된 거였다. 남편은 "이태리…… 모두 거짓말하는 곳……" 하며 내가 하고 싶은 말을 대신했다.

남편은 출장으로 거의 집에 없어서 이 소음을 들을 일이 없지만 나는 줄곧 집에 있으니 고문이 아닐 수가 없었다. 아침잠이 많은 나는 이른 아침에 시작하는 공사로 침대부터 흔들리며 잠에서 깨고 인상을 쓰며 하루 종일 소음에 시달려야 했다. 언제까지 소음에 시달려야 하는지 궁금해 건물 사무소에 가서 물어봐도 이태리인 특유의 제스처로 양손을 벌리고는 어깨만 위로 쑥 올릴 뿐이었다. 공사 중인 인부에게 가서 물어봐도 마찬가지였다.

한국이라면 넉넉잡고 석 달이면 한 층당 세 가구가 사는 3층짜리 아파트 건물을 지을 것이다. 이곳은 뭐든지 느린 이태리니 6개월쯤 걸리겠거니 짐작만 해보았다. 5월에 공사가 시작되었으니 늦어도 10월쯤에는 다 끝나겠지 생각했다.

2개월 정도 소음에 시달리다 스트레스가 극에 달하려고 해서 남편에게 한국으로 가서 두어 달 있다 돌아오겠다고 했다. 남편이 집에 거의 들어오지 못하고 출장 나가 있는 상황도 힘든데 집에 혼자 있는 것도 조용히 쉴 수가 없으니 한국으로 도망치고 싶은 마음이 컸다. 친정 엄마가 급할 때 요긴하게 쓰라고 준 비상금으로 한국행 비행기표를 샀다.

떠난 지 얼마 안 돼 다시 돌아온 한국이지만 아주 새롭게 보였다. 먹고 싶은 게 다 있는 곳, 점심시간대에 문 닫는 곳이 없고 24시간 뭐든지 살 수 있는 곳, 내가 말을 바보처럼 안 해도 되는 곳이었다. 이태리에서 옷을 사려면 웃옷은 팔 기장이 너무 길고 바지는 내 허리 사이즈를 입어도 허벅지가 안 들어가는데, 한국은 딱 내 체형에 맞게 옷을 살 수 있는 곳이었다. 또 버스, 지하철, 택시로 가고 싶은 곳을 너무 편리하게 이동할 수 있는 곳이기도 했고.

두어 달이 빨리 지나갔다. 이태리로 돌아가고 싶지 않았다. 정말 이태리로 돌아가고 싶지 않았지만 남편은 보고 싶었다. 연애도 안 하고 결혼했지만 결혼 후에도 우린 여전히 연애도 제대로 못하며 보내고 있었다.

한가로이 둘이 산책하고 여유롭게 레스토랑에서 식사하고 영화 보러 가고 와인바에 가서 와인 한 잔 기분 내며 즐기지 못하고 지낸다는 게 얼마나 슬픈 신혼 생활인가. 나는 외진 시골에서 사는 데다 여유 있게 쓸 돈도 없다. 가족, 친척, 친구도 없고 남편조차 거의 집에 없다. 누가 이런 상황으로 돌아가고 싶겠는가. 하지만 진짜 문제는 안 돌아갈 수가 없다는 것이었다.

내 아파트 옆 건물 공사도 내가 한국에 있는 두 달 동안 기초 공사는 끝냈을 것이고 기초 공사 후에는 그렇게 큰 소음이 나지 않을 거라고 긍정적으로 생각하며 그다지 내키지 않는 마음으로 이태리로 다시 돌아왔다.

내 아파트로 돌아와 공사 중인 옆 건물을 본 순간 정말 입을 벌리지 않을 수 없었다. 옆 건물은 두 달 전 내가 이태리를 떠날 때와 똑같은 모습을 하고 있었다. 이태리는 7월과 8월이 너무 더워 다들 휴가를 보내기 때문에 건물 공사도 두 달 동안 멈추어 있었던 것이다.

화가 나고 허탈하지 않을 수 없었다. 내가 돌아오고 바로, 휴가를 끝낸 공사 인부들이 일을 다시 시작했다. 아직도 날은 매우 더워서 내 아파트 창문을 닫아 조금이나마 소음을 차단할 수도 없었다. 특히 날카로운 전기 톱질 소리는 내 머리카락을 다 쭈뼛하게 만들었다.

남편에게 에어컨이라도 달자고 했더니 에어컨은 몸에 안 좋아서 싫다고 했다. 비싼 전기요금도 고려하자고 했다. 한국 사람인 나는 40도

가까운 더운 날씨에 에어컨 없이 집 안에서 시달린다는 게 이해가 안 되었지만 화가 나도 결혼한 후라, 혼자 좋다고 혼자 결정하고 멋대로 할 수가 없었다. 결정적으로 내 돈이 없었다. 남편 돈으로 살림을 꾸려나간다는 게 이런 불편한 마음을 주는지 몰랐었다.

겨울에 시집와서 추위에 시달리다 이번엔 다시 더위에 시달리고, 외로움에 시달리고, 이태리 말의 낯설음에 시달리고 이태리 문화의 황당함에 시달리고. 내가 할 수 있는 위안이란 그저 혼자 우는 것뿐이었다.

옆 건물 공사는 거의 2년 가까워져서야 끝났다. 새로 지어지는 건물이 내 아파트 건물처럼 3층에서 마무리하지 않고 4층까지 올릴 때 또 화를 참는 깊은 숨을 쉬어야 했다. 옆 건물이 2년 만에 드디어 완공되었을 때 남편과 샴페인을 터트리며 좋아했는데 완공되자마자 새 아파트가 뒤쪽과 옆쪽으로 두 개 동시에 새로 지어지기 시작했다. 기가 막힌 것도 반복되면 화도 나지 않게 된다. 또 내 화를 공유할 대상이 없고 혼자 화내는 것에도 지쳐 그저 자포자기하는 마음으로 포클레인 소리를 들어야 했다.

내가 지금의 아파트에 산 지 거의 8년이 되어간다. 8년 내내 공사하는 소리를 듣고 있다. 물론 옆 건물이 아니라서 큰 소음은 안 듣는다. 지금 내가 사는 곳은 아파트 단지가 되었다.

한동안 아파트 매매 경기가 좋아서 내 아파트 주변의 공터가 다 새 건물로 들어섰다. 여러 건물이 한꺼번에 공사가 시작되어 일 년도 안 되어 완공이 되기도 했다. 그러니까 돈이 융통되면 인부들을 많이 써서 빨리 짓기도 하는 것이었다. 한 이삼 년 전부터는 경기가 안 좋아서 짓고 있는 건물에 인부가 서너 명만 일하기도 했다. 한 건물은 짓다가 아예 멈춰 흉물로 방치되어 있다.

나라 경기가 안 좋고 내 가정 경제도 안 좋으니 나 역시 지금의 아파트를 팔고 더 맘에 드는 곳으로 이사할 계획을 세울 수가 없다. 하지만 언젠가 이사 갈 상황이 되면 한 가지 조건은 반드시 확인하고 이사할 것이다. 이사 갈 집 주위에는 새 건물 공사가 들어갈 가능성이 전혀 없어야 한다는 조건이다.

밤이면 밤마다

내가 막 지어진 아파트로 입주했을 때 아파트 주변이 그저 공터로 황량해서 특히 밤에 어디론가 외출할 생각은 할 수도 없었다. 이태리 가족은 저녁식사 전에 이미 가족이 다 집 안에 모여 나가지 않기 때문에 저녁 무렵에 내 아파트 주변으로 사람들이 지나가는 것도 보질 못했다.

나는 아직 차를 운전할 줄 몰랐고 운전할 수 있다 해도 남편이 차를 시댁에 주차하고 그의 버스를 몰고 출장을 가니 차도 집에 없었다. 차가 있고 운전할 수 있다 해도 갈 곳도 없었다. 내가 사는 마을엔 괜찮은 쇼핑몰 하나 없었다.

감옥이 따로 없었다. 한국에 있는 친구들한테 전화해서 외로움을 달래보기도 했지만 한국 떠난 지 몇 달밖에 안 되었는데도 친구들과의 대화가 예전처럼 죽이 맞질 않았다. 만날 수 없는 거리에 있으면 친밀한 우정을 나누는 게 어렵다는 것을 슬프게 깨닫게 될 뿐이었다.

그래도 낮 시간은 알아들을 수 없고 재미도 없는 텔레비전을 보기도 하고 한국에서 가져온 책도 읽기도 하고 음식해서 먹고 청소하면서 그럭저럭 보내었지만 문제는 밤의 무서움이었다. 거의 출장 나가 있는 남편이 하루에 두어 시간 간격으로 전화해서 내가 어떻게 지내는지 물으며 위로의 말을 건네지만, 나의 무서움을 아무리 하소연해도 남편이 집으로 돌아올 수는 없는 상황이었다.

특히 천둥, 번개 치고 비바람이 부는 날에는 무서워서 밤을 거의 뜬눈으로 보내곤 했다. 내 집인데 내 집이라는 안정감이 생기질 않고 낯선 장소에 버려진 느낌이었다. 내 집은 지금 있는 곳에서 지구 반대편에 있고 집에서 너무 멀리 떨어져 있어서 어떤 보호도 받지 못하는 것 같은 생각이 자꾸 들었다.

새벽 한두 시가 되어도 쉽게 잠들지 못해서 혼자 침대에서 뒤척거리다가 거실로 가서 텔레비전에서 사람들이라도 보고 소리라도 들으려고 켰는데 깜짝 놀라고 말았다. 포르노에 가까운 장면들이 나오는 것이었다. 다른 채널로 돌려 보았는데 놀랍게도 여러 채널에서 여자들이 벗은 몸으로 선정적인 포즈를 취하며 전화를 걸어달라는 것이었다. 내 아파트 건물이 유선 채널이 여러 개가 나오는데 밤에는 벗은 여자들로 점령되어 있었다.

그런 선정적인 채널이 대부분인가 하면 여러 다른 채널들은 화장을 진하게 한 여성 점술가들이 카드점을 치며 점보라는 광고를 내보냈다. 이태리가 가톨릭 국가라면서 이렇게 버젓하게 성을 파는 티브이 프로를 하고 가톨릭에 반하는 점술가들이 티브이에서 버젓이 장사해도 되는 건가 싶어졌다. 이런 모순을 이해하지 못하는 내가 어수룩한 것인가.

110

나는 이 채널 저 채널을 돌리면서 화면에 벗은 여자들을 호기심으로 지켜보았다. 그중엔 정말 예쁘고 거리에서 만나면 지적으로 보일 여성들도 있었다. 자신의 벗은 몸을 거침없이 화면에 클로즈업시키는 대담함에 내가 오히려 기가 죽으려 했다. 티브이를 껐다. 다시는 이 시간대에 티브이를 켜지 않으리라 결심하면서.

따뜻한 카모밀라 차라도 마시면 좀 잠이 올까 싶어 부엌으로 가서 주전자 물을 끓였다. 물 끓는 소리가 날 때 또 다른 소리가 겹쳐 들렸다. 처음엔 내가 이상한 환청이라도 들었나 싶어 순간 무서워졌다. 가스 불을 끄고 다시 무슨 소리가 나나 귀를 기울였다.

옆집 부부가 사랑을 나누는 소리였다. 내 집 부엌 벽 너머가 바로 옆집 부부 침실이었다. 이태리 집은 건물 벽을 얇게 만드는 건지 알 수 없지만 이태리의 현대 건물 벽은 프라이버시를 무시하고 지어지는 것 같다. 부부 싸움하는 소리보다야 나은 소리지만 부부 사랑하는 소리도 듣고 싶은 소리는 아니다.

하지만 나는 거의 밤에 깊은 잠을 못 이루고 일종의 무서움증에 시달리며 선잠을 자다 보니 내 집을 중심으로 양 옆집과 아랫집 부부의 사랑하는 소리를 다 듣게 된다. 한 층당 세 가구 중에 내 집이 가운데인데 내 부엌 벽 너머가 옆집 부부 침실이고 내 안방 벽 너머가 또 다른 옆집의 작은 방이다. 그 집 부부방은 내 방에서 거리가 꽤 되는데도 부부의 사랑 나누는 소리가 들리는 것이었다. 아내가 전직 에어로빅 강사라서 목소리가 여간 큰 게 아니었다. 그 부부는 항상 내 새벽 선잠을 깨우는 스타일로 사랑을 나누었다. 그렇게 새벽에 내 선잠을 깨워놓으면 나는 한참을 뒤척이며 다시 어렵게 잠을 청하려고 애써야 되고 아침 햇살이 창 안으로 비치면 그제야 지난밤의 무서움증이 누그러들며 비로소 단잠을 잘 수 있었다.

아랫집은 내 집과 똑같은 구조라서 내 안방이 아래층 안방이었다. 그래서 특히 더운 날 창문을 열어놓고 자면 코고는 소리, 자다 간간이 기침하는 소리 그리고 역시 부부 사랑 나누는 소리가 너무 잘 들린다. 내 집을 둘러싼 세 집이 다 나처럼 신혼부부들이었으니 얼마나 사랑의 에너지들이 넘쳐 있었겠는가. 지금은 양 옆집과 아랫집 다 아이들을 낳아 더 이상 예전처럼 시끄러운 밤을 만드는 소리들은 없지만.

아랫집 부부는 아기를 낳고 부부가 맞벌이해야 하는데 아기 봐줄 사람이 필요해서 애기 엄마 친정 가까운 곳으로 이사를 나갔다. 아파트 매매 경기가 마침 좋을 때여서 원래 매입한 가격의 거의 곱절로 아파트를 팔아 아주 만족해했다. 그 아랫집을 구입한 사람이 그 집에 세를 놓았는데 루마니아 가족이 들어왔다. 그 루마니아 가족이 한 일 년 정도 살다가 나갔는데 그 가족이 내 아래층에 산 일 년 동안 나는 거의 매일 그 가족들이 내는 소음에 시달려야 했다.

그 루마니아 가족은 이웃에 대한 배려라는 개념이 전혀 없었다. 그 집 가장은 공사장 막노동하는데 아내는 남편을 들들 볶으며 소리를 지르고 화를 쏟아냈다. 원래 목소리가 찢어지는 톤인데 높은 톤으로 다다다다 화를 내는 소리는 정말 불쾌한 소음이었다. 그녀는 열아홉 살 딸에게도 잔소리를 쏟으며 화를 내기 일쑤였다.

그 루마니아 가족은 가장의 막노동 수입으로 아파트 비싼 월세를 내기 어려워 친척들인지 막노동 동료들인지 여러 사람이 그 집에 같이 살았다. 작은 아파트에 많은 사람들이 북적거렸다. 특히 저녁에 일을 끝내고 집에 들어오면 음악을 크게 틀어놓고 파티하듯 떠들며 먹는다. 루마니아 전통음악인 것 같은데 내 귀에는 무슬람풍 음악으로 들리고 기분을 이상하게 만드는 음악이었다.

하지만 그들은 그 음악을 즐기며 발코니로 나와 담배를 줄곧 피워대면서 시끄럽게 술을 마신다. 뭐가 그렇게 즐거운지 그렇게 부부싸움하고 다 큰 아이에게 야단치는 상황이 한순간 싹 바뀌어 다들 웃느라 난리다.

나는 우선 내 집으로 들어오는 담배 연기가 싫었고 이상한 음악 듣는 것도 싫었고 밤 11시가 넘도록 떠들어대는 소리도 싫었다. 그렇게 싫으니까 여럿이 웃는 소리까지 싫었다. 그들이 내는 소음은 도가 지나쳐서 내 아파트 건물의 다른 거주자들의 눈살까지 찌푸리게 했다. 결국 떠들고 놀기 좋은 집을 새로 구했는지 일 년 정도 지나자 이사를 갔다.

그 다음에는 중년 부부에 이십 대의 외동딸이 있는 가족이 이사 왔다. 그들은 작은 아파트에서 기르기 적당하지 않은 커다란 개를 데리고 들어왔다. 그 개는 작은 아파트에 갇혀 있는 게 싫은지 수시로 불만스럽다는 듯 짖어댔다. 이 개 때문에 새로 이사 온 가족은 우리 아파트 건물에서 왕따 가족이 되었다.

나는 8년째 같은 집에 산다. 이제는 남편의 잦은 출장도 없고 보물 같은 아이가 생겼는데도 아직도 밤이 무서울 때가 있다. 몇 해 전 남편 없이 아기와 침대에서 자다가 심한 지진을 경험한 이후 생긴 밤의 공포증이 여전히 매일 밤 내 마음을 불안하게 만든다. 아기를 돌보는 다른 엄마들처럼 나도 밤마다 피곤해서 곯아떨어지는 날이 많지 않았다면 심각한 불안증과 불면증에 시달리고 있을 것이다. 무섭지 않고 평화로운 밤을 보낼 수 있다면 얼마나 좋을까.

치사하고 울화통 터지는 체류허가증

이태리에서 외국인으로서 체류허가증을 받아내는 과정에서 화가 안 나 본 사람은 거의 없을 거라고 본다. 일상에서 많이 이용할 수밖에 없는 우체국이나 은행에서 직원들이 느릿느릿 일하고 작은 문제가 생길 때마다 처리를 못해 쩔쩔매며 다른 직원에게 떠맡기려 하는 것은 그래도 참을 수 있겠는데, 우리나라 동사무소 혹은 동네 경찰서에 해당하는 곳에서 체류허가증을 신청하고 받아내는 과정은 불쾌감 그 자체였다.

한국인은 이태리를 무비자로 입국하여 90일간 체류할 수 있고 그 이상 체류하려면 체류허가증을 신청해야 한다. 한국 유학생들은 이태리 학교 입학허가서로 체류허가증을 얻고, 한국인으로서 이태리에서 사업하거나 일을 하는 경우에는 세금을 내는 증명서로 체류허가증을 얻을 수 있다. 나 같은 케이스는 이태리인과 결혼한 증명서로 체류허가증을 얻게 된다.

여러 가지 각자 뚜렷한 체류 근거가 있는데도 동사무소에서의 체류허가증 발급 과정은 신청에서부터 짜증 나게 한다. 이런저런 것을 가지고 오라고 하는데 이태리 행정의 특징 중 하나가 필요한 서류를 한번에 제대로 알려주지 않는다는 것이다. 한 서류를 준비해 가서 한참을 기다려 차례가 되면 기껏 하는 말이 또 다른 서류가 필요하다는 것이다. 한 번 정도 반복되는 것이라면 그럴 수 있겠지 하고 넘어가지만 뻔뻔할 정도로 이번에 이 서류 또 다음번에 다른 서류를 가져오라고 하니 똥개 훈련받는 것 같은 기분이 든다.

체류허가증 때문에 동사무소에 가면 우선 좁은 복도를 거의 빽빽이 채운 신청자들 틈에서 기다리는 불편을 겪어야 한다. 대부분 신청자들이 동남아시아권이거나 아프리카 쪽이거나 인도 쪽으로 보였다. 그 외에 소수의 중국인들과 동유럽권 사람들도 있었다. 인도 사람들한테서는 독한 카레 향신료 냄새가 나고 동남아시아나 아프리카 사람들에게서도 그들만의 냄새가 났다. 내 입에서도 마늘 냄새가 날 텐데도 나는 그들의 냄새가 싫었다. 생마늘을 와드득 씹고 입김을 불어다 바깥으로 내몰고 싶은 심술이 올라왔다.

동사무소 서류담당직원들은 자신들이 도장을 찍어주느냐 아니냐에 따라 체류 여부가 결정되는 권한에 기가 살아, 굽실거리며 사정하듯 얘기하는 허가 신청자들을 마치 불법난민 다루는 경찰처럼 대했다. 야단치듯 소리 지르며 성가신 듯 다루었다.

나는 할 수만 있으면 체류허가증을 포기하고 싶었다. 나는 이태리에 체류하고 싶은 사람이 아니었다. 그래서 허가증을 주지 않아도 아쉬울 게 없었다. 그저 문제는 내 남편이 이태리 사람이라는 것이다. 그래서 나는 이곳에 있어야 하고 이제는 도망갈 수 없으며, 있으려면 체류허가증을 받아야만 했다.

미국의 그린카드는 많은 한국인들이 얻고 싶어 하는 것이지만 이태리는 아메리카드림 같은 이태리드림의 땅이 아니다. 미국은 외국인들도 얼마든지 능력껏 성공할 수 있고 인정과 존경도 받는 선진 마인드를 지닌 곳이지만 이태리는, 특히 내가 사는 곳 같은 시골은 외국인 자체에 마음이 닫혀 있다. 기껏해야 자신을 좋게 보이고 싶은 의도로 과장되게 친절한 연기를 할 뿐이다.

자기네 나라 안에서도 북쪽과 남쪽이 서로 등 돌리고 있고 또 각 주마다 자기 주 밖의 사람들을 흉보는 곳이니, 외국인들을 환영하지 않는 건 당연한 일인지도 모른다. 그래서 외국인으로서 이태리 사람과 어울리며 존경받고 성공할 가능성은 매우 적어 보인다.

체류허가증을 받는 과정은 이태리 행정이라는 바위에 나라는 계란을 던지는 것이었다. 나 혼자 화를 내며 돌진했다가 깨지고 넘어지길 수차례 반복해 기진할 때쯤에야 체류허가증이 내 손에 들어오게 된다.

이태리 사람과 결혼한 케이스라도 체류허가증은 2년이 기한이다. 나는 2년마다 세 번, 즉 6년을 버티다가 이태리 국적으로 바꾸는 신청서를 냈다. 내가 이태리 국적 신청을 결심한 결정적 요인은 더 이상 신경질 나는 체류허가증 신청을 하고 싶지 않았기 때문이다. 이태리 국적을 가지면 편리한 점도 꽤 있다. 유럽을 여행할 때 공항에서 EU 국적인으로 짧게 줄을 설 수 있고 이태리에서 한국을 오갈 때 역시 공항에서 짧게 줄을 설 수 있다. 그리고 어차피 갑자기 상황이 바뀌지 않는 한 이태리에서 쭉 살게 될 텐데 이태리에서 받을 수 있는 이태리인으로서의 혜택을 다 받기 위해서도 필요했다. 여권 없이 이태리 주민증만으로도 유럽 여러 나라를 여행하고 기간에 제한 없이 체류할 수 있는 것도 편리하고 또……

내가 이태리 국적인이 되면 편리한 점들을 생각해 보면서도 이태리 국적인이 되는 것에 대한 기쁨은 없었다. 나는 이태리를 떠나고 싶은 사람이지, 아예 이 나라 사람이 되고 싶은 마음은 없었다. 내가 이곳에서 늙어가도 나는 절대 이태리 사람이 될 수 없을 텐데 이태리 국적을 가지고 있다는 것은 내게는 너무 어울리지 않는 옷을 입고 있는 것과 같았다. 이래서 외국에 사는 한국인들이 자기 정체성 때문에 혼돈을 겪게 되는구나, 하는 걸 알게 됐다.

이태리 국적 신청을 하고 받기까지 거의 2년 정도 걸렸다. 한국에 가서 내가 범죄사실이 없다는 증명서까지 경찰서에서 떼어와 제출했다. 가져오라는 증명서 서류들을 갈 때마다 한 가지씩 추가해도 고분고분 다 제출한 끝에 한국 국적이 소멸되었다.

두 번이나 경찰이 불시에 집을 찾아와 내가 이태리인과 혼인을 가장한 신청자는 아닌지 확인했다. 이태리 국적 허가서를 주는 날은 내가 결혼식을 올렸던 시청에서 결혼 서약을 한 것처럼 시청 직원이 나를 세워놓고 한 손을 들게 하고 이태리 국적인이 되는 서약을 읽게 했다.

나는 이태리 국적을 가진 한국 사람이 되었다. 한국을 가면 외국인으로 90일 이상 체류할 수 없게 되었다. 기분 이상한 상황이다. 나는 한국에서는 한국인 피를 가진 이방인이고 이태리에서는 국적만 가진 이방인으로 살게 되었다.

기차, 기가 차는 연착

나는 로마에서 남쪽으로 60킬로 정도 떨어진 곳에 살고 있어 로마에 가려면 차나 기차를 이용해야 한다. 차 운전은 동네만 겨우 하는 실력이라 로마의 신경질적인 차들 사이를 운전할 용기가 없고 또 교통 체증을 감안하면 1시간 30분 정도 걸리니 왕복 3시간이나 차 안에 있어야 하는 것도 불편했다. 기차는 40분이면 로마 중앙역에 도착하니 나는 당연히 기차를 이용했다.

독일이나 스위스에서 깨끗하고 쾌적하기까지 한 기차를 이용해 본 내게 이태리 기차는 처음에 피난민이 이용하는 기차로 보였다. 내가 가본 거의 모든 이태리 사람들의 집 안은 청소와 정돈 상태가 에이 플러스였다. 감탄을 자아낸다. 남에게 좋은 이미지를 주고 싶은 이태리 사람들은 언제든지 불시에 손님이 와도 좋을 만큼 집 안 상태를 준비해 놓는다. 그 부지런함과 정리 정돈 의식은 정말 본받을 만하다.

그런데 집 밖에 나오면 아무 곳에나 쓰레기를 버린다. 개를 데리고 산책하는 이는 개가 똥을 싸도 치우지 않는다. 차 운전을 하다가 씹던 껌이나 *끄지도 않은* 담배를 창밖으로 던져 버린다. 이런 사람들이 기차를 이용하니, 기차 자체도 이미 매우 낡은 데다 버려진 쓰레기가 의자 위아래에 널브러져 있어 꼴이 말이 아니다.

큰소리로 수다 떨기 좋아하는 이태리 사람들은 기차 안에서도 예외 없이 남을 의식하지 않고 떠든다. 여기저기 핸드폰은 시끄럽게 울린다. 로마역에서 내가 사는 라티나까지 40분 내내 통화하는 사람도 여럿 봤다. 지금은 법적으로 기차 안에서의 흡연이 금지되었지만 몇 년 전까지만 해도 기차 흡연칸이 따로 있었다. 이태리 사람들은 비흡연칸도 흡연칸처럼 이용했다.

기차 안의 화장실은 더럽고 냄새가 심해 내 약한 비위로는 사용할 수 없다. 화장실 근처의 좌석은 그 독한 암모니아류 냄새를 견딜 수 있는 사람들이 앉으면 된다. 화장실에 고장이라 써 있고 문이 잠겨 있는 경우도 많다. 기차 앞칸에 앉은 사람이 화장실을 이용하려면 거의 중간 칸까지 안 잠겨 있는 화장실을 찾아가야 할 때가 많다.

로마 중앙역 기차 플랫폼 레일 위는 쓰레기와 오물의 결정판이다. 음료수 병에서부터 온갖 종류의 쓰레기, 기차 화장실에서 떨어진 오물이 적나라하게 레일 위에 깔려 있다. 외국인이 기차로 로마에 도착하면 받을 첫인상이 바로 지저분함일 것이다.

로마에서 라티나를 올 때는 사람들이 너무 많아 앉아 오기 힘들 때가 많다. 퇴근 시간에 탈 경우는 기차 칸 사이 연결 칸도 빽빽하다. 더운 여름에는 기차의 모든 칸에 에어컨이 작동되는 것이 아니라 어느 칸은 작동되고, 어느 칸은 그냥 찜통이다. 특히 찌는 여름 기차 사이 연결 칸에 에어컨 없이 많은 사람들 틈바구니에 있으면 피난민의 기분 그 자체였다.

이런 여름날, 한번은 로마에서 김치를 담가 파는 아는 한국인에게 김치를 사서 만원 기차의 연결 칸에 간신히 끼어 오는데 김치 냄새가 독하게 진동했다. 김치는 맛은 끝내주는데 냄새는 왜 그렇게 불쾌하게 독한 것인지. 호일로 겹겹이 잘 쌌는데도 김치 냄새의 파워는 한국인의 파워만큼 강했다. 평상시 이태리 기차를 흉보던 내가 그날은 같은 기차 칸의 이태리 사람들에게 불쾌감을 주고 말았다. 40분 동안 뻔뻔하게 있기가 무척 힘들었다. 물론 그날 이후 누가 담근 김치를 사가지고 기차를 타는 일은 하지 않았다.

기차가 출발하기 전에 사람이 복도까지 꽉 찼어도 기차의 많은 의자가 빈 채로 있다. 그 의자 위로 가방, 핸드백, 책, 신문지 등이 놓여 있을 뿐이다. 많은 사람들이 같이 기차를 탈 사람이 아직 도착하지 않았을 경우 자기 옆이나 앞 의자에 소지품을 놓고 다른 이들을 앉지 못하게 하는 것이다. 성깔 있는 사람들은 종종 노골적으로 화내며 욕지거리를 하기도 한다.

내가 아는 한국 유학생들도 나중에 도착할 친구가 있으면 가방을 놓고 의자를 확보해 놓는데 한번은 한 중년 이태리 여자가 가방으로 의자를 확보해 놓은 한 한국 유학생에게 화를 내며 그 한국 유학생을 공중도덕 개념 없는 이로 몰아세웠다. 동양의 어린 학생이 아주 만만해 보인 모양이었다. 이태리 학생이라면 잘 모르는 어른한테 그런 모욕적인 얘기를 들었을 경우 핏대를 올리며 대들었을 테지만 순진한 한국 학생은 얼굴만 붉히며 그 아줌마에게 자리를 내어주었다.

기차를 타기 전 기차표 사는 것도 불편하다. 기차 매표구 앞에서

라티나 기차역 매표소.

라티나 기차역.

줄을 서고 차례를 기다리는 시간이 너무 길다. 매표 직원의 일처리 속도는 영락없는 이태리 사람이다. 기차 도착 시간이 가까워져 표를 살 경우 내가 타려 했던 기차를 번번이 놓치게 된다.

내가 사는 라티나 기차역에 2년 전쯤부터 혼자서 티켓을 구입할 수 있는 기계가 설치되었는데 기계를 이용해 표를 사는 사람이 거의 없다. 이태리 사람, 특히 시골에서 자란 이태리 사람은 기계를 거부한다. 그냥 매표구의 긴 줄을 택한다. 나 역시 기계를 싫어하고 잘 다루지 못하는 경우라 매표구의 줄을 택한다.

기계를 이용하기 싫어하는 사람들의 심리를 아는 어떤 이들이 기차표 기계 앞에서 사람들의 표 구입을 대신해주고 수고비로 동전을 받기 시작했다. 라티나 역 같은 시골에서는 그 동전 수고비가 그렇게 많은 수입이 되지 않겠지만 로마 역은 엄청난 사람들이 기계를 이용하고 많은 사람들이 기꺼이 이들을 통해 표를 사니 하루 수입이 꽤 될 거라 짐작된다. 나도 필요하면 오십 센트나 일 유로를 주고 이 도우미를 통해 표를 구입한다.

어느 일요일 아침 라티나 역 매표구가 닫혀 있었던 날이 있었다. 표 사는 걸 도와주는 이도 없었다. 로마 가는 인터시티 기차를 타야 되는데 매표구가 닫혀 있어 처음으로 기계를 이용해서 표 구입을 시도했다. 영어로 언어를 선택해 봐도 처음 이용하는 사람에게 너무 복잡해 보였다. 몇 차례 잘못된 버튼을 눌러 다시 처음 화면으로 돌아오길 반복해 간신히 표를 샀다. 뭔가 내가 잘못 눌러 원래 표 값보다 더 비싸게 구입했다.

그런데 기차를 탄 후에 기차 안에서 사람들이 얘기하는 소리를 들고 그날 이태리 여러 지역 매표구 직원들이 파업했음을 알게 됐다. 표 검사도 안 하는 날이었다. 기차가 파업하는 경우는 많았지만 기차역 매표 직원이 파업하는 경우는 처음 듣는 경우였다. 기차가 자주 파업을 해서 기차로 출퇴근 하는 사람들이 불편을 겪는 경우는 많았다. 기차를 타지 못하면 하는 수 없이 차로 운전해서 가기 때문에 그런 날은 도로 교통 체증이 심하다.

파업은 이태리에서 너무 일반적인 행사가 되어 버려 티브이 뉴스를 보면 언제부터 무슨 파업이 있을 거라 얘기할 때가 많다. 남편은 버스를 운행하기 때문에 주유소 파업 소식을 꼭 들어야 한다. 주유소 파업이 며칠 이어진다는 뉴스를 듣지 못해 남편이 버스 기름을 못 채우고 발을 동동 구른 적이 두어 차례 있었다.

하지만 이태리 기차를 탈 경우 겪는 불편함의 하이라이트는 바로 연착이다. 나는 3시간까지 기다려 본 적이 있다. 이삼십 분 연착되는 건 아주 귀여운 경우이다. 대부분의 이태리 사람들은 별로 짜증도 안 내고 기다린다. 너무 오래 연착되면 몇몇 사람들은 기차 직원들을 향해 욕을 해대지만 괜한 짓임을 다들 알기에 그저 자기네들끼리 수다를 떨며 시간을 보낸다.

나는 겉으로 얌전하게 기다리지만 속에서는 증기 기차 소리가 난다. 도대체 왜 이 연착 문제를 해결하지 못하는 것인가 소리친다. 화가 나면 그 자리에서 폭발하는 게 이태리 사람들인데 이태리의 모든 시스템들은 왜 이토록 느리고 느린 걸까. 게으른 건가, 머리가 안 좋은 건가, 행정 시스템 자체가 도저히 순조롭게 진행할 수 없이 복잡하고 난잡한 것인가.

한국이 그리울 때가 너무 많다. 그 빠름의 속도가 예술 수준 아닌가. 그 부지런함, 그 영리함, 그 신속함을 어느 나라가 흉내 낼 수 있겠는가. 그런 극도로 빠른 시스템을 가진 나라에서 극도로 느린 시스템의 나라로 굴러들어온 나의 혼란을 이태리인 누가 이해할 수 있을까.

피자, 피자, 피자...

피자는 모든 이태리 사람들의 공통된 수다거리이다. 잘 뭉치지 못하는 이태리 사람들이 피자를 화제로 얘기할 때는 가족적인 분위기가 된다.

한국 사람은 누군가와 사적으로 만나 얘기하고 싶을 때 보통 "차 한 잔 같이 합시다", "술 한 잔 합시다" 한다. 하지만 이태리 사람들은 "커피 한 잔 합시다", "피자 같이 먹읍시다" 한다. 그래서 이태리 어느 동네를 가도 바(Bar)와 피자집은 넘치도록 많다.

바는 아침에 사람들로 붐비고 피자집은 저녁에 줄서서 기다려야 한다. 이태리 사람들은 아침을 바에서 에스프레소 커피 한 잔으로 시작하는 걸 좋아한다. 보통 크로와상을 곁들여 먹는다. 이태리 사람들이 즐기는 이 아침 메뉴는 내가 즐길 수 있는 아침식사가 아니다. 우선 나는 커피를 마시면 독한 에스프레소 카페인 때문에 그날 밤 잠을 쉽게 이루지 못한다. 그래도 이태리에 사는 이상 에스프레소 커피를 자주 마시지 않을 수 없었다. 에스프레소의 진한 커피향에 유혹

여느 이태리 사람들처럼 바에서 에스프레소 커피로 아침을 시작하는 남편.

바가 모여 있는 마을 광장.

당해 마시고, 더운 이태리 여름에 머리가 몽롱해질 때 정신 차리려고 마시고, 누군가를 만나 바에 가면 분위기상 마시게 되고, 누군가의 집에 방문하면 여지없이 타주는 커피를 거절하기 뭐해 마신다.

외출 중에 갑자기 화장실에 가야 할 때는 제일 가까운 바에서 급한 볼일 해결하고 마시는 경우도 많다. 바에 있는 메뉴 중에서 에스프레소 커피가 제일 싸다. 이태리 관광 지역 공중화장실 이용료가 1유로인데 바에서 마시는 에스프레소 커피는 1유로도 안 된다. 보통 70~80센트이다. 그러니 당연히 화장실도 쓰고 커피도 마시는 편이 낫다.

어쨌든 커피 값이 싸다. 나는 남편에게 한국에서 분위기 좋은 커피숍에서 마시는 커피 한 잔이 식당에서 먹는 한 끼 식사 값이라고 했더니 큰 눈을 더 치켜뜨며 놀라워했다. 나는 곁들여 한국 사람들이 즐기는 커피는 스타벅스 커피 같은 아메리카식이라고 했더니 그는 그물 같은 커피를 돈 주고 마시냐고 했다.

남편과 스위스에 갔을 때 스타벅스 커피숍을 발견하고는 너무 신나서 함께 커피를 마셨는데, 내가 남편에게 커피 맛이 어떠냐고 물었더니 그는 어깨만 으쓱하고는 대답하지 않았었다. 그러고 보면 로마에 스타벅스 커피숍 하나 없는 게 이상하지만은 않다. 세계 여러 나라에서 즐기는 스타벅스 커피가 이태리 사람에게는 통하지 않을 거란 걸 이태리 사업가들은 잘 아는 것이다. 하지만 나는 농담 삼아 내가 사업을 하게 되면 로마 트레비 분수 앞에다 스타벅스 커피숍을 차려 외국인 관광객들을 상대로 장사하고 싶다고 남편에게 말한 적도 있다. 당장의 생활비도 빠듯한 게 현실이지만 내 머릿속은 현실을 벗어나고 싶은 공상들로 매일 분주하다. 남편은 내가 너무 많은 계획들을 얘기하는 것에 현기증마저 느끼고 있다.

바에서 모닝커피를 마실 때 함께 먹는 크로와상도 나는 별로 좋아하지 않는다. 나는 아직까지도 크로와상만 고집하는 이태리 사람들 입맛대로 먹어야 하는지 씁쓸한 기분이 들 때가 있다. 나는 개인적으로 모닝커피에 베이글을 먹는 걸 좋아한다. 하지만 이태리 바에서는 베이글을 구경할 수 없다. 슈퍼에서도 안 판다.

하지만 이태리에 대해 투덜이가 되어 버린 나도 피자를 먹을 때는 꼬리를 내리고 즐긴다. 오븐으로 구워 파는 일반 피자 가게의 맛은 별로이지만 피자 전문 레스토랑의 화덕에 구워진 피자는 정말 맛있다.

한국에서 피자 먹을 땐 피자 한 판으로 두세 사람이 같이 먹을 수 있지만 이태리는 피자 한 판이 한 사람 몫이다. 처음엔 이 큰 걸 어떻게 혼자 먹나 싶었지만 피자가 얇고 기름기도 없고 담백해 혼자서도 너끈히 먹을 수 있다. 이제 세 살이 된 내 아들이 피자 한 판을 혼자 다 먹기도 하니까. 내 아들도 이태리인의 피를 반은 가지고 있어서 스파게티와 피자를 무진장 좋아한다. 떼쓰며 울 때 피자 먹자고 하면 그걸로 상황 종료일 정도다.

이태리에서 외식을 하는 건 비싸지만 피자만큼은 부담 없이 먹을 수 있다. 우리 동네에서 피자 한 판 가격은 3유로 50센트이다. 한국에서 먹는 피자 가격의 반도 안 된다. 맛은 한국 고급 이태리 식당에서 먹을 수 있는 피자 맛보다 나을 것이다.

이태리에 관광 온 외국인들은 이태리 관광지의 바가지 횡포로 동네 피자 값의 두 배가 넘는 가격을 치른다. 맛도 그저 그렇다. 그냥 대충 만족하며 넘어가기 싫으면 소문난 피자집을 다리품 팔며 찾아

피자 레스토랑의 화덕. 저 화덕에서 구워진 피자 맛이 일품이다.

가는 게 좋을 것이다.

이태리 사람들이 제일 즐겨 먹는 피자가 '마르게리타'라는 피자인데 토마토소스에 모짜렐라 치즈를 올리고 바실 잎사귀 몇 개로 장식한 피자이다. 토마토의 붉은색과 모짜렐라의 흰색, 바실 잎의 녹색이 합쳐지면 이태리 국기 색깔이다. 맛도 모양도 의미도 다 좋다.

피자 종류가 정말 다양하다. 버섯, 햄, 소시지, 감자, 가지, 호박, 피망, 참치, 양파, 올리브 등 다양한 재료를 쓴다. 나폴리 피자는 엔초비로 토핑을 한다. 남편이 좋아하는 피자는 악마라는 뜻을 가진 디아볼라 피자이다. 마르게리타 피자처럼 토마토소스와 모짜렐라를 쓰지만 그 위에 매운 건조 햄을 추가한 것이다. 우리 동네에서 제일 맛있는 피자 레스토랑 메뉴판에 해물피자가 있기에 맛이 궁금해서 주문

했는데 토마토소스 위에 홍합을 올려놓은 것이었다. 한 입 맛보고 고개를 젓고 말았다. 해물은 피자보다 역시 부침개로 해먹어야 제 맛이라는 걸 확인했을 뿐이다.

부지런한 이태리 주부들 중에서도 더 부지런한 이들은 집에서 피자를 만들어 먹는다. 사람마다 피자 만드는 노하우가 조금씩 다르지만 생각보다 집에서 만들어 먹기 간단하다. 밀가루를 이스트를 탄 미지근한 물로 반죽해서 한두 시간 발효시키고 오븐 팬에 쭉쭉 펼친 다음 올리브 오일과 소금을 넣은 토마토소스를 끼얹고 그 위에 모짜렐라 치즈를 잘게 찢어 올리면 된다. 바실의 향이 피자 맛을 더해주긴 하지만 집에 없으면 장식 안 해도 그만이다. 예열한 오븐에 넣고 삼사십 분 후면 먹을 만한 피자가 되는 것이다. 내가 사는 시골 농가집들 중에는 레스토랑 같은 피자 화덕을 아예 가지고 있는 집들도 있다.

남편은 맥도널드 햄버거를 음식으로 취급하지도 않는다. 많은 이태리인들이 동의할 것이다. 쫄깃한 이태리 빵에 비해 부슬부슬 씹힐 것도 없는 햄버거 빵에, 어떻게 만들어진 것인지 정체가 의심스러운 맥도널드 햄버거 고기를 좋아할 이태리인들은 별로 없다.

나는 한국의 부침개가 이태리 사람들에게 제대로 소개될 수 있으면 좋겠다는 생각을 많이 했다. 피자 만들기보다 훨씬 간단하고 맛도 그만 아닌가. 이태리 피자가 다양한 재료를 가지고 만들 수 있듯이 부침개도 얼마나 다양한 종류가 있는가. 피자보다 칼로리가 낮아 더 건강식이라고도 할 수 있을 것이다.

미국이나 한국은 피자 배달이 일반화되어 있지만 이태리는 피자를 배달해서 먹는 경우는 거의 없다. 배달을 해주는 피자집을 찾기도 힘들다. 배달을 원하는 경우는 추가 비용을 내야 한다. 편한 것보다 원래 하던 대로 하는 걸 좋아하는 이태리 사람들인지라, 피자를 배달해 먹는 편리함을 받아들이지 않는다. 물론 추가 배달비 내는 것도 반갑지 않다.

나는 이태리에 살면서 아프거나 요리하기 싫으면 제일 그립게 떠오르는 게 한국의 배달 문화이다. 한식, 중식, 퓨전식 등 다양한 메뉴가 전화 한 통이면 신속히 집으로 배달되지 않는가. 음식 값은 이태리에 비하면 왜 그리 싼지. 그리고 자장면 하나도 배달해주는 그 친절함! 배달까지 해주는 자장면 가격을 남편에게 얘기했더니 "맘마미아" 하며 놀라워했다. 피자 배달료보다 싸니 그가 놀랄 만하다.

하지만 남편은 내가 몸이 아프거나 피곤할 때 먹고 싶은 것을 쉽게 배달시켜 먹지 못하는 것에 대한 내 정신적 고문을 이해하진 못한다. 그리고 내가 요리할 수 없을 경우라면 여지없이 그가 하는 제안이 나온다. "피자 먹지 뭐"라고.

아기를 가지면 안 외로우려나?

이태리에 살기 시작하면서 가장 깊이 느끼는 감정이 외로움이었다. 마치 깊은 바다 속으로 점점 휘말려 내려가는 느낌이었다. 그 바다 밑바닥에 닿는 순간 내 목숨도 끝날 것만 같았다. 남편이 출장으로 거의 집에 없더라도 친구가 있었다면, 할 거리라도 있었다면, 뭔가 사람들과 공유하며 따뜻한 정을 나눌 수 있었다면, 외로움이 나를 괴물처럼 그렇게 덮치진 않았을 것이다.

정말 아무것도 없었다. 나는 한국인 유학생처럼 학교 다니며 공부하는 상황도 아니었고 직업을 가진 것도 아니었고 결혼한 여자라는 타이틀만 빼면 아무것도 아니었다. 내가 아무것도 아니어도 친구라도 있으면 좋으련만 친구도 없었다.

한국에선 스스로 비교적 좋은 성격을 가지고 있다고 착각할 정도로 친구가 풍성했다. 그런데 이태리에서는 단 한 명의 친구도 제대로 만들지 못했다. 내가 많은 사람들을 만날 수 있는 상황도 아니었고 친구가 될 수 있을 법한 주위의 몇몇 사람들도 내가 생각하는 친구

관계로는 진전되지 못했다.

나는 이 점이 너무 이상했다. 내가 이태리어를 잘 못해서 그런 건가. 아닌 것 같다. 나는 영어 초급 실력으로도 캐나다에서 많은 친구들을 사귈 수 있었다. 내가 이태리에 살면서 자주 화를 내다보니 성격이 안 좋아져서 친구를 못 만드는 걸까. 안 좋게 변하긴 했지만 내 성격은 거친 이태리 사람들에 비하면 별로 문제 삼을 정도는 아니다.

왜 친구가 생기지 않는가, 라는 질문을 오랫동안 하다가 내린 결론은 앞으로도 내게 친구가 생길 가능성이 희박하다는 것이었다. 왜냐하면 내가 사는 동네 사람들의 마음이 겉으로는 열려 있어도 안으로는 닫혀 있다는 것을 뒤늦게 깨달았기 때문이다. 그들의 마음은 자기네 가족들과 있을 때만 활짝 열린다. 결국 이태리의 가족 문화가, 가족끼리만 공유하는 문화가 내게 친구 사귈 기회를 주지 않는 것이었다.

나는 남편이 출장 가 있는 동안에는 한국으로 가버리고 싶을 때가 많았다. 남편이 집으로 돌아와 위안을 주어야 간신히 마음이 녹아내리곤 했다. 친구가 없어도 그래도 의지할 남편이 있어서 외로움이 죽음의 바다 밑바닥까지 닿지는 않았다. 다행히도.

하지만 남편은 너무 자주 집을 비우니 이 비워진 시간을 채워줄 대상이 내게 필요했다. 간절하게 아기를 가지고 싶어졌다. 외로워서 아기를 가지고 싶다는 동기는 이기적인 소유욕에서 비롯된 것이지만, 나는 옳고 그른 것을 생각할 만큼 마음의 여유도 평온도 없었다.

남편은 신혼여행 중에 아기는 결혼 일 년 후쯤 생각하자고 했었다. 서른여섯이 이미 늦은 나이인데도 착각하기 좋아하는 나는 나이보다 젊은 줄 알고 그러자고 했다. 그러나 일 년이 되기도 전에 외로움에 지친 내가 아기를 갖자고 제안했다. 그는 내가 원하면 그러자고 했다. 이렇게 남편과 아내가 아기를 갖기로 계획하면 그 다음 달쯤 바로 임신될 줄 알았다.

어렸을 적 인형을 가지고 놀듯이 아기와 놀면서 외로움을 덜고 싶은 내 동기가 잘못되어서인지, 한 달, 두 달…… 일 년이 넘어가도 아무 변화가 없었다. 남편 친구의 부인이 소개시켜 준 불임클리닉 전문 의사를 찾아가 보기도 했다. 보통 한국 같으면 불임 상담하러 온 여자한테 초음파 검사, 피 검사, 무슨 검사하며 여러 검사부터 하지만 이 이태리 의사는 내가 임신을 기다린 게 일 년밖에 안 되고, 남편이 잦은 출장을 갖는 직업을 가진 케이스이므로 정밀검사 같은 것은 아직 필요 없다고 했다. 처방전이라고 제시한 것이, 마음을 편하게 가지고 배란기만 염두에 두는 내 고정관념에서 벗어나라는 정도였다. 불임이라고 여길 수 있는 경우는, 정상적인 부부 생활을 하는 부부가 2년 이상 아기가 생기지 않을 때를 말한다는 것이었다.

서른일곱이라는 내 나이 때문은 아닌지 물었다. 의사는 웃었다. 서른일곱이면 아기를 적어도 둘은 낳을 수 있다고 장담했다. 한국 산부인과 의사라면 마흔을 바라보는 여자의 임신에 대해 일어날 수 있는 공포스러운 상황들을 말했을 것이다. 나는 불임클리닉 전문 의사와 진료 같지 않은 대화만 나눈 후 진료실을 나왔다. 진료실 밖의 직원에게 상담료를 물으니 120유로였다. 십여 분 상담해 주고 120유로라니. 내 남편은 새벽부터 밤늦은 시간까지 밥도 제대로 못 먹고 피곤하게 일해도 버는 돈이 얼마 안 되는데. 고작 마음 편히 먹으라는 말만 듣고 120유로라니!

의사의 비싼 조언대로 마음을 편하게 가지려고 노력은 했지만 내 현실적인 일상은 지루하기 짝이 없고 그 지루함은 나를 편치 못하게 만들었다.

다시 일 년이 지나갔다. 남편이 자기에게 문제가 있을지도 모르니 병원 검진을 받아 보겠다고 했다. 검진 결과는 내 기운을 더욱 빠지게 만들었다. 남편의 정자 수가 적고 운동력이 약하다는 진단이었다. 임신 가능성이 없는 것은 아니지만 어렵다는 것이었다. 장시간 앉아서 운전을 하는 그의 직업 때문에 생긴 문제였다.

나는 운전수라는 그의 직업을 좋아하지 않았지만 이런 문제까지 생기니 더 싫어졌다. 내게 문제가 있는 경우가 아닌 것은 다행이었다. 손주를 기다리는 시부모 앞에서 미안해하지 않아도 되는 게 다행이었다. 나는 심사가 약간 삐뚤어져 있어서 시어머니가 뭔가 나를 언짢게 했을 때 남편의 문제를 무기 삼아서 맞받아칠 때도 있었다. 그러면 시어머니는 바로 백기를 들었다. 비겁하게 이긴 싸움처럼 내 마음도 좋지 않아지긴 했다.

남편의 문제는 딱히 치료법이 없는 경우라 말 그대로 하늘의 뜻에 맡기는 수밖에 없었다. 그렇게 다시 일 년이 지나갔다.

그즈음 남편이 미니버스를 샀다. 큰 버스와 작은 버스. 버스 두 대를 갖게 된 것이다. 장기 출장일을 하는 큰 버스는 다른 운전기사를 고용하고 남편은 미니버스로 로마나 나폴리 같은 가까운 일정의 일을 하기 시작했다.

남편이 장기 출장을 하지 않아도 되는 것 자체가 내게 큰 선물이나 다름없었다. 더 이상 바람 천둥소리에 무서워 잠 못 자는 일을 하지 않아도 된다는 게 얼마나 다행스러운지 몰랐다. 결혼한 여자가 하루 세 끼 혼자서 밥 먹는 슬픔도 막을 내리는 것이다.

이제 좋은 일만 생기기를 바라면서 비교적 흐뭇하게 지내는데 한국의 친정 엄마로부터 전화를 받았다. 항상 내가 엄마에게 전화하는데 이번엔 엄마한테 전화 온 것 자체가 이상하고 좋지 않은 예감이 들었다. 아버지가 갑자기 심장마비로 돌아가셨다는 소식이었다. 새벽마다 배드민턴을 치시던 아버지가 새벽 운동 중에 갑자기 심장이 멈춘 것이었다.

나는 아버지와의 정다운 추억이 없다. 아버지에 대해 살갑게 기억나는 게 없다. 내 인생을 격려해 주지 않는 아버지를 미워할 때도 많았다. 시집오고 나서도 엄마와는 통화를 자주해도 아버지와 통화한 적은 없었다. 전화를 아버지가 받았을 때도 잘 지내는지만 물으시고 엄마에게 전화기를 넘겨주었었다.

내 아버지인데 왜 이렇게 추억이 없을까. 내가 사랑한 아버지도 아닌데 아버지의 죽음은 나까지 그 죽음에 빨려 들어갈 듯한 심정으로 만들었다. 아버지라는 존재는 내가 사랑하는 대상이냐 아니냐로 평가할 수 없는 내 존재의 뿌리라는 것을 너무나 뒤늦게 깨달았다. 그리고 내가 당신을 사랑하지 않았어도 당신이 내게 사랑을 보여주지 않았어도 아버지는 세상에서 엄마 다음으로 나를 사랑한 존재였다. 내가 아버지를 미워할 때가 많았어도 내 속마음은 갓난아기처럼 엄마와 아버지의 사랑을 받고 싶었던 거였다.

지금까지 이태리에서 겪은 외로움보다 더 심한 우울증에 사로잡혔다. 내 안에 어떤 악마가 들어와 내게 존재할 필요가 없다며 악을 질러댔다. 남편이 나흘 동안 출장을 떠났는데 사흘 동안 아무 음식도 먹지 않았었다. 사흘째 되는 날 밤, 심하게 마음이 어지럽고 고통스러워 술이 좀 해결해 주려나 싶어 집에 있는 와인을 한 잔 따라 마셨다. 그리고 잠시 후 기절했다. 얼마쯤 지나서 의식이 돌아왔는지 모르지만, 깨어났을 땐 아파트 거실 바닥에 누워 있었다. 아무도 없이 기절했으니 정말 위험한 상황이 될 수도 있었다.

한국으로 갈 짐을 쌌다. 남편도 별로 여윳돈이 없는 상황이었지만 내가 한국을 가는 게 당연한 일이라 비행기표를 사주었다. 엄마는 아버지가 돌아가시고 장례식까지 다 치루고 그러고도 한 달이나 지난 후 내게 전화한 것이라 장례식에 참석하려고 간 건 아니었다. 시댁은 아버지의 장례식이 끝나고 연락한 내 어머니를 이해하지 못했다. 상식적으로 말이 안 되는 일이었지만 엄마를 아는 나로서는 이해할 수 있었다. 한국 집에서 일어나는 어떤 안 좋은 일도 내게 얘기하지 않는 엄마였다. 그래도 그렇지, 아버지 돌아가신 얘기조차 안 할 수 있냐고 따질 수는 있겠지만, 여하튼 우리 엄마가, 우리 집이 그랬다.

우리 집은 가족이라는 이름으로 한 공간에 살았어도 타인처럼 각자의 방에서 각자의 세상을 가지고 살았다. 살아생전 천 원도 아버지 스스로 번 적이 없다는 엄마의 말처럼 아버지는 가족 경제에 도움을 주지 못했고 빈번한 술주정으로 엄마를 울게 했다. 엄마가 힘들게 번 돈으로 늘 뭔가 해보려 했지만 번번이 사기당해 날리곤 했다. 아버지 몫까지 해내야 했던 엄마는 밖에서 고생하며 식구들을 먹여 살렸고 자식들은 밥은 먹어도 늘 부모 사랑에 허기졌다. 엄마로서 자식에게 해줄 수 있는 거라고는 밥 먹여주는 것하고 잘살기를 기도해 주는 것밖에 없었다.

이태리에서 짐 쌀 정신도 없어 거의 빈 가방으로 한국으로 왔다. 엄마에게 아버지 장례식이 끝나고도 한 달이나 지나서 연락하면 시댁에서 얼마나 이상하게 여기는지 아느냐고 따지듯 물었다. 엄마는 터져 나오려는 울음을 침으로 꿀꺽꿀꺽 삼키며 대답을 하지 못했다. 나는 그것으로 충분히 알아듣고 입을 닫았다.

엄마와 한 달을 같이 보냈다. 그냥 같이 있을 뿐인데 마음이 하루가 다르게 충전되었다. 엄마가 해주는 밥을 먹는 게 행복했다. 이태리에 가기 싫어졌다. 여기가 집이고 이태리는 여전히 정이 가지 않는 낯선 타향이었다.

한 달 후 돌아오는 비행기 티켓이라 한 달을 하루하루 소중한 마음으로 보내고 이태리로 돌아왔다. 엄마의 밥상에 몸이 건강해지고 엄마와 그냥 한 공간에서 보낸 시간만으로 내 마음이 건강하게 회복되었다. 아버지의 죽음이 임신을 희망하는 마음도 접게 했다. 사람이 태어나고 죽는 것이 다 하늘의 이치임이 받아들여졌다. 바라는 것이 없어지니 편안해졌다.

그렇게 이태리로 돌아온 다음 달, 나는 임신을 했다.

피자 얘기 나누며 수술하는 이태리 의사

　"무슨 피자 먹을까?"

　수술대 위에 누워 있는 내 만삭의 배를 메스로 가르며 수술 담당 이태리 의사가 말했다. 척추에 반신 마취 주사를 맞아 하반신만 마취되어 있어 보고 들을 수 있었다. 수술을 돕는 몇 의사들이 피자 얘기에 신이 나서 서로 좋아하는 피자를 얘기하기 시작했다. 마치 내 배를 피자집 테이블인 양 둘러싸고 피자를 주문하기 전에 서로 의견을 나누는 듯했다.

　아무리 이태리 사람들이 피자를 좋아한다 해도 한 산모의 생명을 다루는, 그리고 새로운 생명을 이 세상에 탄생시키는 그 신성하고 신중한 순간까지 피자 얘기를 하고 싶을까? 마음 같아선 벌떡 일어나 화덕에서 막 구워진 피자를 희희낙락하는 의사들의 면전에 던지고 싶었다.

　하지만 나는 탈진으로 손가락 하나 움직일 수 없는 상태였다. 수술실로 실려 오기 전 스무 시간의 진통을 했고 의사가 더 기다리면 산모와 태아가 위험하다며 남편에게 수술 동의서에 사인하라고 한 뒤 곧장 나를 수술실로 데리고 온 것이었다.

스무 시간 내내 이어진 진통으로 초죽음 상태가 된 채 결국 수술실로 실려 가는 그 허탈감이란! 의사가 진작 수술을 결정해 주었다면 통증이라도 덜 느꼈을 것 아닌가. 나중에 알고 보니 출산이 정부 지원으로 무료인 병원에서 산모가 제왕절개 수술을 해야 하는 경우 병원 경비가 많이 지출되므로 산모와 태아가 위험하기 직전까지 자연 분만을 기다린다는 것이었다. 사실 더 중요한 이유는, 비자연적인 것을 싫어하는 이태리 사람들에게 출산은 가능하면 자연 분만을 해야 한다는 인식 때문이기도 했다.

아무튼 내 아기는 피자 얘기를 들으며 세상에 태어났다. 별로 씩씩하게 울지 않는 태아를 내 머리 옆에서 잠시 보여주었는데 고개를 돌릴 힘이 없어 눈동자만 돌려 확인했다. 아기를 내게 보여준 간호원이 아기를 보고도 엄마가 왜 기뻐하지 않느냐고 속없는 핀잔까지 했다. 체력이 좋은 이태리 산모들은 나처럼 오랜 진통을 한 후라도 탈진까지는 안 되니, 기력 없는 동양 여자를 아마 처음 본 모양이었다.

내 수술 침대가 입원실로 이동하는 복도에서 잠시 남편과 시어머니를 볼 수 있었다. 나보다 먼저 복도를 지나간 아기를 본 남편이 감격으로 눈시울이 붉어져 있었다. 오랜 시간 복도에서 기다리느라 피곤해졌을 시어머니도 흥분하며 내 볼에 입을 맞추었다. 나는 여전히 내게 지금 일어나고 있는 상황이 비현실적으로 몽롱하게만 느껴졌다.

수술 후 진통제를 맞고 있어 통증은 없었지만 수술한 산모의 몸을 얇은 면 시트로만 덮어 놓아 추운 복도의 한기가 현실 세계임을 느끼게 했다. 방금 출산한 산모의 몸을 이렇게 춥게 해도 되는 건가 싶었다. 한국에서는 출산 후에는 무조건 몸을 따뜻하게 해주는 게 일반 상식인데 이곳 이태리 사람들은 이런 상식이 있다는 것조차 모르는 모양이었다.

내가 누운 이동 침대는 입원실 입구 문을 통과해 여러 개의 병실을 지나친 다음 복도 끝 병실로 들어섰다. 저녁 10시쯤 되었고 취침 시간이라 병실 불은 꺼져 있었다. 창을 통해 달빛이 병실을 비추고 있었다. 나를 입원실로 데리고 온 남자 간호사는 나를 여섯 개의 침대 중 비어 있는 벽 쪽 침대로 옮겨 놓았다.

그 남자 간호사가 돌아서려 할 때 내가 추우니까 담요 하나만 더 달라고 했더니 내 침대 옆에 담당 간호사 호출 버튼이 있으니 필요한 거 있으면 버튼을 누르라고 하고는 그냥 가버렸다. 가면서 내 담당 간호사에게 부탁해 주는 게 뭐가 그리 어렵다고. 나는 뚱한 기분으로 호출 버튼을 눌렀다. 잠시 후 내 담당 간호사가 누구인지 볼 수 있었다.

간호사가 왜 불렀냐고 물었다. 뭐가 필요하냐고 상냥하게 물어주길 기대하지도 않았다. 담요를 갖다 달라고 했더니 병실에 히터가 틀어져 있고 침대 담요로도 충분히 따뜻한데 왜 담요가 더 필요하냐고 쌀쌀맞은 목소리로 되물었다. 여러 말 할 기운이 없어 나는 추우니까 더 달라고 다시 부탁했다.

간호사가 가져온 담요를 겹으로 덮으니 아득한 기분에 휩싸였다. 내 몸에서 한 생명이 나가 지금 다른 방에서 울고 있는지 자고 있는지 하고 있으리라 상상해 보았다. 어떻게 생겼는지 얼핏 눈동자만 돌려봤기에 잘 떠오르지 않았지만 아기가 눈을 뜨고 있었는데 작고 위로 찢어진 한국 아이 눈이었다는 것은 떠올랐다. 내일 아침이면 제대로 내 아기를 볼 수 있다는 아련한 감격이 느껴졌고, 또 다른 마음 한편에서는 이 병원에서 산모로서 내가 받았던 서러운 대우들이 쭉 떠오르며 속이 상했다.

이태리에서 맘 상하는 일이 생길 때마다 내가 '이 땅의 이방인이라서'라는 생각이 어쩔 수 없이 떠올라 괜히 눈가가 젖어질 때가 많다. 한국에서 출산할 걸 그랬구나 싶어졌다. 요즘 한국은 시설 좋은 산후조리원이 많으니 원래 허약 체질에 노산까지 한 나에게는 한국식 몸조리가 더 좋았을 텐데.

입덧이 심했던 임신 초기, 한국 음식이 먹고 싶어 어린애처럼 엉엉 울면서 한국에 가고 싶어 했지만 장시간 비행이 태아에게 위험할 수도 있다고 해서 생각을 접었었다. 임신 중기에는 입덧이 멎고 배가 날이 갈수록 불러 오르고 태동이 느껴져 이 시기를 남편과 함께 나누는 게 의미가 있을 거 같아 또 한국행 생각을 접었고, 임신 말기쯤에는 남편의 일 관계 상황이 안 좋아져 여윳돈을 구할 수 없어 한국에서의 출산 생각을 접어야 했다.

이태리는 한국의 보건소에 해당하는 곳에서 임산부의 정기 검진을 무료로 다 해준다. 임신 중기와 말기에 두 번에 걸쳐 받는 태아 정밀 초음파 검사만 유료이고 출산도 병원에서 무료로 할 수 있으니 임신 중이나 출산 과정에서 돈 걱정은 할 필요가 없었다.

한국에서 출산하려 한다면 넉넉한 여윳돈이 필요하다는 문제가 있었다. 이태리와 한국 간 왕복 비행기 비용이 우선 필요하고, 나이가 많으면 한국 산부인과에서는 제왕절개 수술을 권한다는 걸 알고 있으니 수술비도 생각해야 되고, 제왕절개 수술 산모는 입원하는 날짜도 더 길어지니 입원비도 더 비쌀 테고, 시설 좋은 산후조리원을 이용하는 비용 또한 만만치 않을 터였다.

돈 문제와 함께 아기를 출산하는 날 남편이 옆에 있어 주는 게 얼마나 의미가 있는가도 생각했다. 영화에서 보면 출산하는 아내 옆에서 남편이 격려해 주고 아기가 태어나는 순간 눈물로 감격하는 모습이 참 감동적이지 않은가. 나도 그런 출산의 그림을 계속 그려보았었다.

그런데 정작 나의 출산 과정은 내가 그려본 그림이 아니었다. 어두운 병실을 비추는 달빛만은 내 마음을 알아줄 것 같아 눈물 한 방울이 흘러내렸다.

병원에서 쫓겨나다

새벽녘 수십 명의 아기들 우는 소리에 잠이 깼다. 식사 배급 할 때 쓰는 이동식 바퀴 테이블 위에 아기들이 빼곡히 누워 산모 회복실로 실려 왔다. 간호사가 아기 옷 위에 붙여진 이름을 부르면 그 아기 엄마가 대답하고 아기를 넘겨받았다. 그리고 수유를 하는 것이다.

나는 가장 끝 병실에 있어서 한참 동안 아기 우는 소리들을 듣고 나서야 내 애기 이름이 불려졌다. 간호사가 내 아기를 처음 내게 넘겨주려고 할 때, 난 순간 아기가 너무 낯설어 주춤거리며 선뜻 손을 뻗지 못했다. 간호사가 당신 아기인데 왜 그렇게 쳐다보냐고 했다. 나는 어제 출산할 때 아기를 잘 보질 못했기 때문이라고 했다.

한 시간 동안 수유를 하며 엄마와 아기가 함께하는 시간을 가졌고 아기들이 다들 행복하게 젖을 먹는 중이라 모두 조용해졌다. 이런 수유 시간이 새벽, 아침, 점심, 저녁, 밤 다섯 번에 걸쳐 한 시간씩 주어졌다.

점심 수유시간이 끝나면 다시 한 시간의 가족 면회 시간이 허용됐고, 저녁 수유 시간이 끝나면 아기 아빠만 허가되는 한 시간의 부부 면회 시간이 주어졌다. 한 병실 여섯 개의 침대에서 내 옆 침대에 있던 루마니아 산모는 집이 한 시간 정도 거리에 있는데 남편이 차가 없고 병원에 올 수 있는 대중교통도 없어 가족 면회 시간이고 부부 면회 시간이고 혼자 있어야 했다.

이 루마니아 산모는 어제 집에서 산통이 시작되자 바로 병원으로 전화해 응급차를 요청했고 응급차를 타고 오면서 차 안에서 아기를 낳아 버렸다. 어제 병원으로 내가 사는 라티나 지역 방송사와 신문사 기자들이 응급차에서 출산한 화젯거리를 취재하러 왔었다.

내 앞쪽 침대에는 터키 산모가 있었는데 하루에도 몇 차례나 자판기에서 차가운 콜라나 환타 캔을 뽑아 벌컥벌컥 마셨다. 이 터키 산모뿐 아니라 자연 분만한 이태리 산모들은 막 출산한 산모로 여겨지지 않게 자판기 찬 음료도 수시로 마시고 이 병실 저 병실 부산스레 다니며 이태리 사람들이 제일 좋아하는 수다를 즐겼다.

난 수술 후 몸에서 가스가 나오기 전까지 먹을 수 없다고 해서 다시 하루를 꼬박 아무것도 먹지 못했다. 진통제 맞는 것을 멈추니 수술 부위가 많이 아팠고 침대에 누운 채 꼼짝할 수가 없었다. 다른 산모들이 활기차게 자유롭게 다니며 병원 식사를 하고 원하는 간식을 먹고 수다 떨고 하는 것을 꼼짝 못하고 누워서 부럽게 쳐다보기만 했다.

아침은 크로와상과 홍차 아니면 커피가 나오는데 한국이라면 수유하는 산모에게 커피나 홍차를 권하진 않았을 것이다. 점심이나 저녁은 파스타 종류나 얇게 잘라 요리한 고기류가 나왔는데 터키 산모는 자신이 돼지고기를 먹지 않는다고 미리 간호사를 통해 얘기했는데도 왜 돼지고기를 주느냐고 화를 내며 식사 배급 아줌마와 언쟁을 벌였다. 식사 배급하는 아줌마는 그게 돼지고기가 아니라고 하고 터키 산모는 돼지고기라고 우기며 화를 냈다. 같은 병실 다른 침대 산모들은 이 말싸움을 재미있는 구경거리로 즐겼다.

나 같으면 내 입맛이 아니면 그냥 안 먹고 말 텐데 나처럼 소심한 사람이 있는가 하면 저 터키 산모처럼 자기주장을 세게 우기는 이들도 있는 것이다. 타인으로 이태리에 살려면 저런 성격이 적응하기에 오히려 나을 것 같다는 생각이 들었다.

그렇게 다시 하룻밤이 지났고 다음 날 아침 몸에서 가스가 조금 나왔는데 이 정도 가스가 나온 것으로 이제 먹어도 괜찮은 건지 의심스러운 마음이 들었다. 이왕 못 먹고 있는 거 조심이나 하자는 생각으로 점심을 먹지 않았다. 계속 링겔을 맞고 있으니 어쨌든 영양은 공급받고 있는 중이었다.

저녁식사가 시작되기 전쯤 내 병실 담당 간호사가 병실 산모들을 둘러보다가 나한테 와서 일어나서 자꾸 걸어야지 상처가 아무는 건데 그렇게 누워만 있으면 어떻게 하냐고 쏘아붙이듯 말했다. 나는 배가 아파서 일어날 수 없다고 했다. 수술 상처가 잘 아물도록 출산 산모용 허리 벨트를 하지 않았냐고 했다. 그런 거 해야 한다는 걸 아무도 말해주지 않아 몰랐다고 했다. 어쨌든 누워만 있으면 안 되니 걸으라고 했다. 나는 아파서 못 움직이니 가만 내버려두라고 했다. 간호사는 내 말을 무시하고 일어나 걸어야 한다면서 내 두 팔을 힘껏 당겨 누워 있던 상체를 확 일으켜 세웠다.

난 온 병실에 울리도록 비명을 질렀다. 숨이 멈출 것같이 아프고 화가 나서 울음이 터졌다. 다른 병실의 산모들이 무슨 일인가 궁금해서 들여다보았다. 간호사가 신경질을 부리며 돌아갔다. 저녁식사 시간이 되었지만 난 계속 훌쩍거렸다.

한 흑인 산모가 홍차 한 잔을 들고 내게 왔다. 내가 출산 대기실에 있을 때 내 옆방에 있어서 안면이 있었다. 아프리카 어느 나라에서 온 이 흑인 산모는 내가 계속 고통스럽게 진통하는 동안 본인은 진통이 오지 않아 간간이 내게 와서 한마디씩 격려해 주던 이였다. 그녀는 내가 장시간 산통으로 거의 기절할 때쯤 산통이 시작되었는데 바로 분만실로 옮겨져 십 분도 안 돼 아기를 낳았다. 정말 부러웠다. 그녀는 숫기가 좋아 벌써 여러 산모들과 친했다. 내가 우니까 위로해 주며 홍차를 건넨 것이다. 며칠을 굶다 마신 홍차 맛이 참 좋았다.

얼마 후 부부 면회 시간이 되어 남편이 왔고 나는 못된 간호사가 내게 어떻게 했는지 울먹이며 하소연했다. 얘기를 다 들은 남편은 화가 나 곧바로 그 간호사를 찾아갔다. 내 침실에서 남편이 간호사에게 소리를 높이며 따지는 소리가 들렸다. 이태리 사람들의 특징은 미안하다는 말을 무진장 하지 못하고 하기 싫어한다는 것이다. 간호사 역시 지지 않고 언성을 높이며 대꾸했다.

그래도 남편이나마 이렇게 내 편이 되어 싸워주니 이 낯선 땅에서도 지낼 수 있다는 걸 다시 생각했다. 그날 밤에 힘들어도 천천히 몸을 일으켜 조심스레 걸어 보았다. 생각으론 절대 못 걸을 것 같았는데 많이 아프긴 해도 영 걷지 못할 정도는 아니었다. 복도를 천천히 걸어 몇 차례 왔다 갔다하는 동안 여러 산모들이 다가와 잘하고 있다고 따뜻한 격려를 보내주었다.

한 어려 보이고 예쁜 이태리 산모가 나처럼 링겔병이 걸린 밀대를 잡고 내게 다가왔다. 자기도 수술을 받았는데 아파도 몸을 움직이는 게 좋다고 해서 계속 걸으며 운동하고 있다고 했다. 그 어리고 예쁜 산모는 자신의 골반 척추 모양이 자연 분만할 수 없어 의사 결정으로 산통 없이 바로 수술을 했다고 했다.

나는 진땀까지 흘리며 힘들게 걷기 운동을 한 후 취침 시간이 되어 잠을 잤고 다시 새로운 아침을 맞이했다. 이른 아침, 의사가 전체 병실 산모들을 체크했는데 내 병실 다른 산모들에게 오늘 퇴원하라고 했다. 산모들은 집에 갈 수 있는 것에 다들 좋아했다. 나는 나한테는 해당하는 얘기가 아닐 테니 건성으로 듣고 있었는데 내 차례에 의사가 내게도 수술 후 별다른 이상 증세가 없으므로 오늘 오전에 퇴원하라고 했다.

나는 아직 거동도 불편한데 이런 상태로 퇴원하면 안 되지 않냐고 물었다. 의사는 다른 새로운 산모들을 위해 침대를 비워줘야 하니 특별한 치료가 필요하지 않는 경우 사흘째 퇴원하는 게 병원 원칙이라고 했다.

의사는 내 옆 루마니아 산모에게는 그녀가 이태리 시민권이 없는데다 병원이 아닌 응급차에서 출산한 게 병원 퇴원 서류 작성하는데 문제가 되어 당장은 퇴원할 수 없다고 했다. 그 루마니아 산모는 집에 가고 싶은데 왜 못 가게 하냐고 투덜거리며 따졌다.

나는 잘 걷지도 못하는 상태로 그렇게 병원에서 쫓겨났다.

유아세례, 결혼식 같은 잔치

한국에서는 아기가 태어난 지 백일이 되면 잔치를 한다고 내가 남편에게 말했더니 남편은 백일 잔치하듯 성당에서 유아세례를 받게 하자고 했다.

이태리에서 유아세례는 매우 중요한 행사이다. 성경을 보면 세례 요한이 사람들에게 물로 세례를 주었고 예수님도 그 요한에게 물로 세례를 받으셨다. 그 후 물세례는 기독교의 역사 속에서 변치 않고 행해지는 의식이 됐다. 그러니 가톨릭 국가 이태리에서 유아세례가 중요한 것은 당연했다.

많은 이태리 사람들이 동양인인 내게 가톨릭이냐고 묻는다. 내가 개신교 교회를 다닌다고 대답하면 대부분이 개신교가 가톨릭과 무엇이 다른지를 묻는다. 나는 보수적인 마인드의 이태리 사람과 가톨릭과 개신교의 차이를 두고 군이 화제 삼고 싶지 않아 가톨릭이건 개신교이건 믿는 대상은 같다고 말하고 바로 화제를 돌려 버린다.

왜냐하면 어떤 이태리 사람들은 개신교가 가톨릭과 다른 종교인 것처럼 생각하는 사람들이 있기 때문이다. 또 어떤 이들은 개신교 목회자들이 결혼하고 일반 사람들처럼 사는 게 신성하지 않은 것처럼 여기기도 하고, 이태리 가톨릭에서 중요하게 여기는 많은 성인들을 개신교에서 같은 격으로 여기지 않는 것에 대한 묘한 의구심을 가지곤 하기 때문이다.

남편은 다행히 이런 선입견이 없었다. 내 생각과 같아 내가 다니는 개신교 교회에 함께 가기도 하고, 가족 친척들의 성당 행사가 있으면 함께 성당으로 갔다. 남편이 내 개신교를 존중해 주므로 나도 남편의 가톨릭식 유아세례 제안을 반대하지 않았다. 내가 만약 반대한다면 무엇보다 남편의 시댁 식구들과 크게 부딪칠 터이니 문제를 일부러 만들지 않는 게 옳았다.

유아세례는 아기의 부모가 시기를 결정할 수 있다. 태어나 며칠도 안 돼 하는 경우도 있고 첫 돌이 지나서 하는 경우도 있지만 대체로 태어난 지 3개월에서 첫 돌 되기 전에 유아세례를 받는다.

유아세례를 받기로 결정했으면 자기가 사는 동네 성당 신부님을 찾아가 얘기해 원하는 일요일, 성당 미사가 마쳐지는 순서에 유아세례를 받게 된다. 12월에 태어난 내 아기가 3개월이 된 2월은 여전히 추운 겨울이어서 내가 남편에게 따뜻한 봄에 하는 게 어떻겠냐고 물었다. 그런데 좀처럼 자기주장을 하지 않는 남편이 아기가 빨리 세례 받기를 원한다면서 서둘러 동네 성당 신부님을 찾아가 세례 예약을 했다.

유아세례를 하자고 얘기를 나누자마자 바로 일주일 후로 세례 예약을 잡은 것이다. 갑자기 바빠졌다. 형식 좋아하는 이태리에서 게다가 유아세례 같은 중요한 행사는 많은 준비를 해야 했다. 우선 유아세례를 마친 후 가족 및 가까운 친지들과 레스토랑에서 제대로 메뉴를 갖춘 식사를 해야 하므로 레스토랑을 예약해야 하고, 예상되는 식사비를 준비해야 했다.

그리고 꼭 빠져서는 안 되는 의식이 가족과 친지들에게 기념품을 나누어주는 것이다. 이 기념품을 '봄보니에레(bomboniere)'라고 하는데, 이태리에는 봄보니에레 전문 가게들이 많다. 예쁘고 기념이 될 만한 장신구를 선물 상자로 예쁘게 포장해서 식사에 초대한 사람들과, 식사 초대는 하지 않았더라도 가까운 이들에게 선물하는 것이다. 무슨 의미인지는 몰라도 그 작은 선물 상자 안에는 망사 같은 것으로 흰 사탕을 예쁘게 포장해서 넣는다.

이 봄보니에레는 유아세례뿐 아니라 아홉 살 때 받은 가톨릭 성체 수령(comunione) 그리고 열네 살 때쯤 받는 견진성사(cresima) 때에도 하고 대학 졸업 기념 때에도 하고 19살 성인식 파티에도 한다. 결혼식 때도 당연히 한다. 한마디로 이태리에서는 기념이 되는 모든 행사를 레스토랑에서 가족 친척들과 거하게 먹고 봄보니에레를 나눠주는 것으로 마무리 짓는다.

나는 크리스털로 만든 천사 모양의 작고 저렴한 장신구를 선택했고 유아세례를 마치고 레스토랑에서 초대한 사람들에게 나누어 주었는데, 내가 준비한 기념 상자를 열어볼 때의 사람들 표정을 보니 늘 오버하듯 "bello(아름답다)" 하며 감탄하는 이태리 사람들답지 않게 예쁘다고 감탄해주는 이가 없었다. 뭔가 더 화려하고 근사한 장신구를 기대한 것처럼 보였다.

유아세례를 위해 또 준비한 것은 사진사를 부르는 일이었다. 남편 형이 솜씨 좋은 사진사를 안다면서 우리의 의견을 묻지도 않고 예약을 했다. 나와 남편은 여러 사진관을 다니며 가격이 저렴한 곳으로 선택하려던 참인데 남편 형은 당연히 본인이 결정해도 괜찮은 듯 예약해버린 것이다. 미국 문화라면 일어날 수 없는 일일 것이다. 이태리는 친하면 더욱이 가족이라면 간섭을 관심의 표현으로 여긴다.

유아세례 받는 날 남편 형이 추천한 사진사가 우리 집으로 와서 성당 가기 전 사진을 찍기로 했는데 약속 시간보다 늦게 도착했다. 부인을 보조사로 데리고 왔는데 아기와 가족사진을 찍는 내내 부부가 의견이 안 맞아 서로 대놓고 으르렁거리며 일했고 시끄럽고 정신사납고 시간까지 질질 끄니까 내 아기가 사진 찍기 싫어 보채었다. 나 역시 사진기 앞에서 인상을 찌푸릴 뻔했다.

나중에 사진을 찾으러 갔더니 다른 사진관에 비해 갑절이 넘는 가격을 요구했다. 그리고 사진 한 장당 가격이 매겨지는 것이라 우리가 사진 찍는 날 사십 장 정도 사진을 찍어 달라고 했었는데 사진 찾는 날 팔십 장 넘게 찍은 사진을 보여주며 다 잘 나왔으니 사라고 우겨댔다.

싸우기 싫어하는 남편은 그렇게 하려고 했지만 나는 그 사진사가 괘씸해 원래 얘기한 대로 사진을 골랐다. 원판을 달라고 했더니 안 된다고 했다. 필요한 만큼 자기네들한테 사라는 것이었다. 사진으로 예산 밖의 많은 지출을 해야 했다.

유아세례에서 또 빠져서는 안 되는 준비물이 세례 받는 아기의 대부 대모가 되어주는 이에게 주는 선물이다. 남편 형이 대부를 자청했는데 내 아기 대부가 되어준 남편 형에게 줄 선물을 결정하기가 어려웠다.

다른 이도 아니고 남편의 형이니, 그리고 어쨌든 남편을 이래저래 많이 도와주는 고마운 이라 정말 좋은 선물을 해주고 싶은데 안타깝게도 그럴 여유가 없었다. 게다가 남편 형은 남편과 달리 형식을 좋아해서 우리 형편에 맞게 대충 선물할 수가 없었다.

예를 들면 남편 형은 그의 아들 견진성사 받는 날, 아들 대부가 되어준 이에게 아주 고급 시계를 선물했었다. 내가 아기를 수술해서 낳고 병원에 있을 때 남편과 그의 가족 친척들이 꽃다발이며 아기 옷 같은 선물을 했었는데 남편 형은 아주 커다란 꽃병 안에 고급 난을 넣어서 가져왔다. 정말 예쁘고 고급스러워 보여 고마워하기만 하다가 나중에 우연히 어떤 꽃가게에서 같은 것을 보고 가격을 물어보고는 놀라고 말았다.

내 아기 유아세례 받는 날도 신부님이 아기에게 물세례를 마치자 남편 형은 보기에도 값이 꽤 나갈 듯한 십자가 달린 이태리 삼색 목걸이를 아기 목에 걸어 주었다. 대부로서의 선물을 준비한 것이었다.

그런 남편 형에게 나는 남편의 상황이 좋아질 때 이번의 고마움을 표시하겠다고 용기 내어 솔직하게 얘기했다. 형식도 좋아하지만 이해도 쉽게 해주어 걱정하지 말라고 오히려 나를 토닥거려 주었다.

남편의 상황이 정말 안 좋았다. 남편의 큰 버스로 한국 관광 그룹 운전을 했던 기사가 독일 고속도로에서 버스 기름통을 펑크 낸 것이었다. 독일 지역 신문에 한 이태리 관광버스가 고속도로를 기름으로 더럽혔다는 기사와 함께 남편의 버스가 사진으로 실렸고, 고속도로 청소비, 새 기름통 교체비, 버스 견인료 등등 해서 한국 돈으로 거의 사천만 원이나 되는 돈을 물어야 하는 상황이었다. 게다가 이 사고 후 이태리 한인 여행사로부터 남편 버스에 대한 신뢰도가 떨어져 일감을 주지 않았다. 그런 어려운 상황에서 유아세례를 하게 되어 많은 지출이 부담스럽지 않을 수 없었던 것이다. 유아세례 받는 날 초대한 사람들에게 주는 기념품도 마음으론 모두를 흡족하게 해줄 수 있는 걸 선택하고 싶었지만 그러지 못한 이유이기도 했다.

초대한 사람들 중 가까운 친척들은 아기에게 금목걸이와 금팔찌를 선물로 주었다. 다 어른용이었다. 왜 유아세례에 이렇게 금목걸이나 금팔찌를 주는지 몰라 남편에게 물으니 그냥 이태리 전통이라고 했다.

한국도 백일 돌잔치에 금반지, 금팔찌를 선물하지만 순금이고, 사용하라는 의미가 아니라 필요할 때 요긴하게 현금으로 바꿔 쓰라는 의미이다. 내 아이의 유아세례 때 받은 금팔찌와 목걸이는 14k나 18k이고 어른용으로 주는 것을 보니 그런 어른용 목걸이가 맞을 때까지 잘 크라는 의미인 것 같기도 했다.

나는 내가 초대한 손님들이 점심 먹으러 레스토랑 오기 전에 이렇게 신경 쓰며 선물을 준비해야 하는 건지 충분히 생각하지 못했다. 이태리는 초대한 사람은 준비하느라 부담스럽고 초대받은 사람들은 초대에 맞게 응하기 위해 부담을 가진다는 것을 알았지만 유아 세례 선물이 이렇게 금 선물을 하는 부담을 주는 것인 줄은 몰랐다.

레스토랑에서 역시 네 시간 넘게 이어진 식사가 마쳐질 때 주문해서 준비한 유아 세례 기념 케익을 자르고 샴페인을 마셨다.

그리고 다시 아주 가까운 친척들과 함께 시댁으로 가서 차를 마시고 다시 다과를 나누며 수다를 떤 후 드디어 집에 돌아왔다. 그렇게 유아세례 받는 날이 내 결혼식 치른 날처럼 화려한 잔칫날로 채워진 걸 내 아기는 기억하지 못할 것이다.

아들과 옆집에 사는 남편 사촌의 아들, 놀이터에 안 가도 밭에서 자전거를 타며 신나게 놀 수 있다.

부부싸움, 이태리어로 싸우는 불리함

결혼식을 앞두고 마음이 소녀처럼 팔랑거리며 신이 나 있었을 때 잠시 이태리어 학원을 다녔었다. 그 학원에서 같은 클래스에 있던 어떤 이가 결혼하면 결국 싸우고 그럴 텐데, 그럴 때 이태리 남편과 이태리어로 싸우면 더 불리하겠다며 미운 말을 한 적이 있다. 나는 결혼을 앞둔 이에게 덕담은커녕 그런 악담을 하는 못된 심보의 사람을 쳐다보고 싶지도 않아 바로 클래스를 바꾸었었다.

나는 내가 싸우지 않고 살 거라고 생각했다. 아무리 결혼하면 부부가 싸우는 게 예사로운 일이라고는 해도 나는 마치 꿈꾸듯 결혼을 생각했다. 착각하고 있었던 것이다. 남편은 내가 기대했던 대로 착하고 한결같은 관대함으로 나를 대해 주었지만 이태리의 낯선 문화들이 내 화를 돋우어 남편에게 그 화를 돌리곤 했다.

그리고 남편이 출장에서 돌아와 모처럼 집에 있는 날, 시어머니 집에 가서 점심 먹고 오후까지 시간을 보내다가 집으로 돌아오는 것도 아내인 입장에서는 못마땅해서 내가 불평을 자주 했었다.

내가 토라지면 그는 어머니와 자신의 입장을 이해해 달라며 나를 달랬다. 그는 내 기분을 그때마다 풀어주려고 애쓰기 때문에 말다툼처럼 시작해도 마음 약한 내가 혼자 화냈다가 금방 풀어지는 상황이 반복되었다.

그리고 이런저런 화가 나는 상황이 있을 때마다 내가 공격적으로 먼저 말다툼을 시작해도 남편이 싸움에 응하질 않아 결국 우스운 모양새로 내가 누그러들어 버리곤 했다. 오랫동안 기다려온 임신을 하게 된 후에는 당연히 더 나를 신경 써주려고 애썼으므로 남편에게 큰 화를 낼 일이 없었다.

하지만 의외로 우리의 부부싸움은 내가 아기를 낳자마자 시작되었다. 나는 남편과 시댁 식구들 그리고 주변 가까운 사람들에게 한국에서는 여자가 출산하면 몸을 따뜻이 하면서 적어도 한 달 이상은 충분히 휴식을 취한다고 출산 전에 설명을 해두었다. 내가 아기를 낳으면 충분히 쉴 수 있도록 도와달라는 뜻이었다.

그러나 내가 아기를 낳자 한국식 산후조리에 대한 내 설명은 언제 들었냐는 듯 염두에 두지 않고 신생아를 보러오는 손님들이 매일 끊이지 않았다. 나는 병원에서의 나흘 동안의 출산과 입원 과정에서 이미 지칠 대로 지쳤었다. 그리고 병원에서 쫓겨나 시댁으로 초기 몸조리를 하려고 갔는데, 여러 사람들이 매일 찾아와 축하 인사를 건네며 한국 피가 섞인 이태리 아기를 보고 싶은 호기심을 채웠다.

내가 시댁의 난방을 종일 틀어 달라고 부탁해 적어도 따뜻하게는 있었는데 찾아오는 손님마다 이렇게 난방하면 아기에게 안 좋다고 또 간섭을 해댔다. 한국에서는 산모가 이렇게 따뜻하게 있는다고 해도 다들 아기를 이렇게 더운 곳에 있게 하면 감기 잘 드는 아기로 키우는 거라며 내 산후 조리 방법을 미개한 아이디어로 취급했다.

미역국이나 소뼈 우린 국물 같은 것을 못 먹고 파스타만 죽창 먹어서인지 모유가 충분히 나오지 않아 아기가 한 시간 간격으로 빽빽거렸고 분유로 보충하려고 수시로 부엌을 이용하면 내 애기를 보러 왔던 사람들이 앉아서 시댁 식구들과 시끄럽게 수다를 떨고 있었다. 집 안이 맘 편히 쉴 수 있는 분위기가 아니었다.

게다가 도둑까지 들어 내 심장을 내려앉게 만드는 바람에, 남편이 출장에서 돌아오기를 기다렸다가 내 집으로 돌아왔다. 일주일도 시댁에 있지 않고 서둘러 집으로 가려 하는 내게 시댁 식구들은 서운해 했다. 하지만 나는 심신이 너무 지치고 피곤해서 적어도 조용한 내 집에 가서 쉬고만 싶었다.

내가 사는 아파트로 돌아와서 이제 좀 조용히 쉬나 했더니 이번엔 내가 사는 아파트의 사람들이 찾아오기 시작했다. 다들 애기 선물까지 준비해서 따뜻한 축하 인사들을 해주었다. 평소에 왕래하지 않던 이웃들도 찾아와 주어 너무 고마웠지만 내 식대로 산후조리를 하지 못하는 환경이 계속 힘들었다.

게다가 집에 오니 파스타조차도 해줄 이가 없어 내가 식사를 준비해야 했다. 막 태어난 애를 보는 일은 하루 종일 나를 쉴 수 없게 했고 밥 해먹을 여유조차 없었다. 수시로 굶으면서 수유를 했고 밤에도 수유하고 분유로 또 보충하니 잠도 제대로 이룰 수 없었다. 머리카락이 매일 왕창왕창 빠지기 시작했다. 머리카락이 빠지면서 단것이 많이 먹고 싶어져서 케일 종류를 밥 대신 먹었다.

남편이라도 요리를 해주면 좋으련만 남편은 계속 일해야 했고 집에 와서 하는 식사도 내가 차려야 했다. 남편은 커피 끓이는 것 외엔 부엌에서 할 수 있는 게 없었다. 식사 준비하고 식후 설거지하는 동안 남편이 잠시 아기를 봐주지만 내가 설거지를 끝내면 그는 피곤해서 아기를 내게 다시 맡기고 잠이 들었다. 나는 누적되는 피곤에 거의 제정신이 아니었고 신경은 날카로워져 남편에게 화를 내기 시작했다.

남편에게 한국 여자는 출산 후 잘 쉬어야 한다고 지겹도록 반복해서 얘기해도 그가 이해해주질 못해서 싸웠다. 내 남편이 외국인이라 한국 문화를 이해하지 못하는 게 처음으로 울화가 났다. 남편은 이태리 여자들은 애기 낳자마자 건강하게 일상으로 바로 돌아가는데 한국 여자들은 뭐가 얼마나 약하고 다르냐고 물었다. 남편은 바로 옆집 애 엄마의 경우까지 들먹였다.

옆집 애 엄마는 나보다 8개월 먼저 출산했는데 병원에서 퇴원하고 집에 온 후 며칠 뒤부터 매일 집에서 손님맞이하며 파티 분위기로 지냈다. 손님들 앞에서도 모유 시간이면 부끄럼 없이 수유를 하며 사람들과 웃고 떠들며 힘들어 보이는 기색 하나 없이 정말 잘 지냈다. 나도 알고 있었다.

그 애 엄마가 특별히 건강한 케이스가 아니라 이태리 여자들이 애 낳고도 별로 힘들어하지 않으니 내 남편이 이해 못하는 것도 당연한 일이었다. 그의 어머니는 그를 낳고 바로 밭일하러 나갔었다고 한다. 나는 손목과 발목뼈가 시린 증세가 생겨 남편에게 얘기했지만, 이 또한 이해를 못했다. 우선 '뼈가 시리다'는 표현을 어떻게 해야 정확히 전달할 수 있는지를 몰랐다. 뼈가 춥다고 내 이태리어 수준으로 말했더니 어떻게 뼈가 추울 수 있냐고 그가 이상해하기만 했다.

나는 이태리어를 못해도 적어도 남편과는 언어 때문에 스트레스 받지 않았었다. 그가 늘 쉬운 단어로 천천히 얘기하기 때문이었다. 하지만 이번에는 그가 한국 사람이 아니고 그가 한국말을 못하는 것이 화가 났다.

화가 났을 때 내가 무엇을 이해받고 싶어 화가 났는지를 이태리어로 제대로 표현할 수가 없었다. 얘기하다 스스로 답답해서 내 가슴을 퍽퍽 치고 말았다. 내가 그럴수록 그도 답답해하며 안절부절못했다.

나는 남편이 처음으로 미워졌다. 밤에 남편이 집에 와도 하루 종일 애 보느라 지쳐 있어 반갑게 맞아지지도 않았다. 남편은 하루 종일 내가 얼마나 힘들었는지 위로해 주어도 시원찮을 판에, 아기가 잘 보냈는지에만 관심이 있었고, 아기가 뭔가 조금만 이상해 보이면 이렇게 하라, 저렇게 하라 잔소리를 해댔다. 실제로 도와주지 않고 입으로만 잔소리하며 나를 마치 아기 유모 취급하는 게 또 내 화를 끓게 했다. 남편은 아빠로서의 관심이 어떻게 듣기 싫은 잔소리로 들리는지 이해하지 못했고, 나를 건드리면 터지는 폭약 취급했다.

새벽에 아기가 깨어 수유를 해주었는데도 잠투정하느라 울어대면, 나는 남편에게 힘들다고 화를 냈고 그러면 그는 우는 아기를 데리고 거실로 나가 아기를 달래고 함께 소파에서 잠들곤 했다.

아기가 3개월이 될 때까지가 살면서 남편에게 가장 많이 화를 냈던 시기였다. 3개월쯤 지나서부터는 애 엄마 노릇이 조금 익숙해지면서 남편에게 신경질적으로 화를 내는 것도 많이 누그러졌다.

나는 여전히 내 생각과 마음을 이태리어로 제대로 전달하지 못한다. 나랑 다른 언어를 쓰고 나랑 다른 문화에서 자란 이와 싸우는 것이 답답하다. 이태리어를 무진장 잘하든지 마음이 무진장 너그러워지든지 해야 할 것이다.

이웃이 있기에 가끔 마음이 따뜻해진다

이태리에서의 적응이 많이 힘들었을 때 나는 집에서 자주 울었다. 이웃이 들을까봐 소리 죽여 울었지만 어느 날은 감정이 복받쳐 엉엉 울고 말았다. 제 풀에 지쳐 울음을 그칠 때쯤 초인종 소리가 났다. 내 겐 문 초인종을 누를 이가 없었다.

소포 우편 사인하라는 초인종도, 주차장 청소한다고 차 치워달라는 청소부의 초인종도, 여호와의 증인 얘기 들으라고 정기적으로 눌러대는 초인종도, 다 아래층 현관 밖의 초인종을 누른다. 그런데 누가 내 집 문의 초인종을 누르는 것일까 싶었다.

옆집 여자였다. 그때가 이 아파트로 이사 온 지 1년쯤 되었을 땐데 옆집 여자와도 제대로 인사하고 지내지 않았었다. 그 여자는 다정하면서도 걱정스러운 표정을 지으며 내가 우는 소리를 들었는데 무슨 일이 있냐고 물었다. 나는 보이고 싶지 않은 것을 들킨 것처럼 당황하며 아무 일도 없다고 했다. 내 서글픈 울음소리를 들은 터라 아무 일도 없다는 내 말을 쉽게 믿지 않았다. 걱정스러워하는 그녀가 자기 집으로 와서 커피 한 잔 같이 마시자고 했다.

나는 옆집을 처음 가보았다. 젊은 취향의 인테리어로 깨끗하게 정돈되어 있었다. 그녀가 커피를 타 주었고 나는 그녀에게 내가 운 이유를 말해 주었다. 너무 고립되어 있는 내 상황이 힘들다고 했다. 남편도 집에 없어 혼자 있는 게 외롭고 밤에는 무섭다고 했다.

그녀는 동양인인 내가 이태리 남자와 동거하는 줄 알았다고 했다. 그래서 울음소리가 들렸을 때 이태리 남자가 동거녀인 나에게 폭력이라도 휘두른 줄 알고 걱정이 돼서 초인종을 누른 거라고 했다. 자기 남편에게 전화해서 어떡하면 좋을지 물었더니 남편도 나를 찾아가 도와야 될 상황인지 알아보라고 했다고 했다.

나 역시 그녀가 같이 사는 남자와 동거하는 사이라고 여기고 있었는데 나처럼 결혼한 부부였다. 이태리에는 워낙 결혼 안 하고 동거만 하는 커플들이 많아 젊은 커플이 같이 살 때는 동거하는 쪽으로 먼저 보였다.

그녀는 자기도 외로워서 울 때가 많다고 했다. 남편이 군인이라 여러 곳을 이동하면서 근무하는 때가 많고, 그럴 때면 자기도 집에 혼자 있는 게 무섭고 외로워서 운다고 했다. 그리고 도움이 필요하면 언제든지 찾아오라고 했다. 참 고마웠다. 하지만 외롭고 사람이 필요하면서도 그런 상황에 오히려 마음이 닫혀버리는 이상한 심리 때문에 내가 일부러 그녀를 찾는 일은 없었다.

1년, 2년, 3년 시간이 지나면서 내 아파트 건물에 사는 부부들이 아기를 낳기 시작했다. 나와 같은 층의 또 다른 옆집은 이 아파트에 이사 오자마자 임신을 했고 첫 아이를 출산하고는 바로 둘째를 가졌다.

내 집 바로 아래층 여자도 아기를 낳았다. 아기를 낳으면 아파트 입구에 아들이면 파란색, 딸이면 핑크색 리본이나 꽃을 다는데, 이 리본 장식들을 보는 내 마음은 쓸쓸했다.

내게 친절을 베풀며 커피를 권했던 옆집 여자가 몇 달이나 집을 비운 후 다시 돌아왔는데 배가 잔뜩 부른 임산부가 되어 있었다. 친정에서 임신 초기를 보내고 왔다고 했다. 나는 남의 잔치에 축하만 해주는 쓸쓸한 하객이었다.

그리고 또 얼마 후에는 1층에 사는 독일 여자가 둘째 아이를 임신했다. 첫째 아이가 아홉 살이고 이 아파트로 이사 와서 두 번이나 임신되었었다가 자연유산 되었었다. 세 번째 다시 임신해서 3개월쯤 지나 안정기에 접어들자 이웃에 임신 사실을 알렸다. 나는 거의 울먹거리는 심정이었다.

그때쯤 아버지가 돌아가셔서 나는 더 심한 우울증에 시달렸었다. 한국에서 한 달을 보내고 와서야 몸과 마음이 회복되는 기분이었는데, 심한 체증이 보여 혹시나 싶어 임신테스트를 해보았더니 붉은 라인이 임신 표시란에 선명히 나타난 것이었다.

나는 내 눈이 의심스러웠다. 남편이 집에 돌아오기 전 다시 확인할 필요가 있을 것 같아 바로 옆집으로 달려갔다. 옆집은 이미 만삭으로 산통이 오기를 기다리는 중이라 친정 부모님이 집에 함께 있었다. 나는 임신테스트기를 그녀에게 보여주며 임신이 맞느냐고 물었다. 내 임신테스트기를 본 그녀의 가족들은 마치 내가 그들의 가족인 양 환호하며 축하해 주었다. 옆집 여자는 눈물까지 흘렸다. 친하지도 않은 이웃의 임신 소식에 울기까지 하는 그녀의 순수한 정이 감동스러웠

아파트 앞마당에서 옆집 엘리사와 함께.

다. 그녀의 아버지는 두 팔을 힘껏 벌려 나를 자기 딸처럼 꼭 안아 주었다.

그날부터 옆집 여자는 내 가까운 친구 역할을 해주었다. 임신 과정에 필요한 정보를 그녀에게 물었고 그녀는 늘 친절하게 신경 써주었다. 내가 입덧이 심해졌을 때 그녀의 친정 엄마가 해준 야채스프를 가져다주기도 하고 역시 친정 엄마가 집에서 만든 케익도 종종 가져왔다. 1층의 독일 여자도 내가 입덧할 때 가끔 요리한 음식을 가져왔다. 임신을 하고 나서부터 이웃들과 조금씩 가까워지는 것 같았다.

출산을 하고 나서는 내가 얼마나 좋은 이웃을 두고 있는지 감동스러워지기까지 했었다. 내가 아기를 낳자 다들 선물을 준비해서 찾아와 축하해 주었다. 그들 중에는 처음으로 얘기를 나누는 이들도 있었다. 인사만 하는 사이였던, 1층에 혼자 사시는 할머니가 직접 만든 예쁜 아기 턱받이를 선물해 주셨다. 친정 엄마가 해주는 것 같았다.

나는 내 아파트 입구에 리본이 걸릴 때마다 속으로 쓸쓸해하기만 했지 그 집을 찾아가 선물도 주면서 축하해 주지 않았었다. 부끄럽지 않을 수 없었다. 내 아기는 세상에 태어나자마자 내게 좋은 일을 선물해 주었다. 바로 이웃과 친해질 수 있도록 만들어 준 것이다.

2층에 사는 노부부네 집도 한 번씩 찾아가면 심심하던 차에 말벗이 돼줄 이를 만난 듯 이런저런 얘기를 많이 해준다. 그 노부부는 우리 아파트 집집의 상황을 속속 꿰고 있어 얘깃거리가 많았다. 할아버지가 신이 나서 얘기하는데 할머니가 옆에서 거들면서 얘기에 끼려고 하면 손으로 당신은 가만있으라고 늘 그런다. 그 할아버지의 제스처를 난 속으로 재미있어 한다.

트랙터를 타고 일하러 나가는 주민.

노인정 안에서 축구 중계를 즐기는 마을 노인들.

동네 청년들의 축구 경기.

172

할머니는 음식 솜씨가 좋아 나는 할머니가 얘기할 수 있도록 내가 만들고 싶어 하는 음식의 요리법을 묻곤 했다. 할머니는 신이나 얘기해 주었다. 내 부탁으로 직접 내 집으로 올라와 케익이며 비스킷이며 빵 만드는 것을 가르쳐주기도 했다.

2층에는 한 젊은 부부도 사는데 그 집 여자만 우리 아파트에서 임신을 안 한 케이스였다. 직장도 안 다니기에 늘 집에 있었다. 모닝커피를 누군가와 같이 마시고 싶으면 그 집에 가면 되었다. 얼굴도 예쁘고 성격도 친절하고 정다웠다.

내게 아기 턱받이를 직접 만들어 주신 1층 할머니는 혼자 사시기 때문에 내가 아무리 불시에 찾아가도 늘 반갑게 맞이해 주었다. 덴마크에 사는 아들이 보내준 고급 과일차도 끓여주고 마침 뭔가 부엌에 요리한 게 있으면 꼭 챙겨 싸주었다.

가족과 옛 친구는 멀리 있고 새 친구도 없이 외로울 때, 이런 따뜻한 이웃이 있어 줘서 내 마음을 많이 녹여 주었다.

남편을 웃겼던 내 이태리어, 그는 이제 웃지도 않는다

이태리에 산 지 8년이나 됐으니 이제는 노련하게 이태리어를 할 수 있게 됐다, 고 말할 수 있으면 얼마나 좋을까. 내 이태리어는 여전히 내 단순한 일상에서 간단히 쓰는 말만 할 줄 알 뿐이다. 그것마저도 실수투성이다.

이태리에 막 와서 이태리어를 배우기 시작할 때 단어 실수를 하면 남편은 재미있어 하며 웃어 주었었다. 하지만 8년 동안 내 이태리어가 별로 늘지 않고 계속 실수하니 이제는 재미있어 하지도 않는다.

얼마 전 아침에 남편과 바에 가서 모닝커피를 주문하는데 나는 보리로 만든 커피를 주문했다. 오르죠(orzo)라고 해야 되는데 내가 오롤로죠(orologio)라고 했다. 시계라는 뜻이었다. 바 종업원이 시계를 주문하는 나를 빤히 쳐다보았다. 나의 실수에 너무 익숙한 남편이 주문을 바로잡아 주었다.

나는 집에서 혼자 있는 시간이 많아서 텔레비전 앞에 앉아 있는 시간도 많다. 바깥세상 이야기를 모르니 남편이 귀가하면 나는 겨우 내가 본 텔레비전 얘기를 하곤 했다. 남편은 내 말 자체로 알아듣는 게 아니라 나름의 이해력을 동원했다. 친하지 않은 사람끼리는 이런 식의 대화를 즐길 수가 없다. 사랑이 없으면 짜증 그 자체일 테니까.

하루는 내가 감동적으로 본 중국 영화의 줄거리를 얘기해 주었다. 첩보원으로 한 정치인에게 접근한 여자가 그와 정말 사랑에 빠진 내용이었다. 50년대의 시대 배경으로 만들어졌는데 거의 마지막 장면에서 남자가 여자에게 3캐럿짜리 다이아몬드를 선물했다. 여자가 심한 갈등의 표정을 지었다. 그 순간 그녀 동지 첩보원들이 그 정치인을 죽이기 위해 곳곳에 배치되어 있었기 때문이다. 갈등한 여자가 남자에게 도망가라고 했다. 찌릿한 감동을 주는 장면이었다. 남자는 살아남고 여자는 살해 공모죄로 체포되는 것으로 끝이 났다.

나는 흥분까지 하며 그 중국 남자가 여자에게 3캐럿짜리 다이아몬드를 선물하는 장면을 설명했다. 그런데 캐럿이 이태리어로 무엇인지 몰라 적당히 이태리식으로 뭉개서 얘기한 단어가 카로따(carrotta)였다. 당근이라는 뜻이다. 나는 내가 실수한 지도 모르고 남편에게 세 카로따가 돈으로 얼마나 되는지 아냐고 물었다. 남편은 웃지도 않고 당근 세 개라면 1유로 정도 하겠네, 했다.

한번은 남편이 점심 무렵 출장을 떠나게 되었었다. 그래서 나는 남편에게 빵에 치즈와 햄 등을 넣은 빠니노(panino)를 준비하겠다고 말하려고 했는데 내 입에서는 빠니노가 아니라 빠놀리노(panolino)라는 단어가 나왔다. 지저귀라는 뜻이다. 남편은 나 지저귀 필요 없거든, 했다.

나는 이태리어의 많은 단어가 헷갈린다. 2월에 이태리는 각 지방별로 축제를 벌인다. 베니스의 가면 축제는 세계적으로도 잘 알려져 있다. 축제는 이태리어로 카르네발레(carnevale)인데 나는 카라비니에레(carabiniere)와 헷갈린다. 이태리 헌병이란 뜻이다. 이 카라비니에레 헌병차가 도로교통법 위반차들 벌금도 매기는데 남편과 차를 타고 가다 헌병 차를 보면 나는 남편에게 카르네발레가 있으니 조심하라고 한다.

남편은 액션 영화를 좋아해서 항상 총 쏘는 장면이 나오는 영화를 즐긴다. 일 때문에 스트레스를 많이 받은 후에는 아무 생각 없이 빠져들게 하는 액션 영화를 보는 게 릴렉스가 된다면서. '총을 쏘다'라는 이태리어가 스파라또(sparatto)이다. 나는 이 단어가 스파리또(sparito)와 헷갈린다. 사라졌다는 뜻이다. 남편이 혼자 액션 영화를 볼 때는 괜찮았지만 우리 아들이 덩달아 옆에서 보는 것은 두고 볼 수가 없어 남편에게 따끔하게 얘기했다. 아이한테 그런 총 쏘는 영화를 보게 해서는 안 된다고 말하려고 했다. 그런데 나는 남편에게 아이한테 그런 사라지는 영화를 보게 하지 말라고 했다.

돌이켜보면 내가 캐나다에 있을 때도 많은 영어 실수담이 있었다. 예를 들면 내가 집으로 외국 친구들을 초대해서 삼겹살 파티를 열었을 때였다. 내가 외국 친구들에게 쌈 싸 먹는 것을 보여주기 위해서는 상추 잎을 들고 "I will show you"라고 해야 했다. 하지만 영어를 막 배우기 시작한 나는 큰소리로 이렇게 말했다. "Show me!"

한 캐나다 친구가 내게 전화를 해서 지금 뭐 하는 중이냐고 물었다. 나는 텔레비전을 보면서 스낵을 먹는 중이라고 했다. 그런데 그친구는 "what?" 하며 놀랐다. 내가 스낵(snack)이라는 발음을 스네이

크(snake)라고 했기 때문이었다.

캐나다는 내가 계속 살 곳이 아니어서 내가 영어 실수 하는 것에 그다지 스트레스를 받진 않았다. 니네들 말을 내가 좀 못하는 게 무슨 흉이냐, 라고 생각하면서. 하지만 이태리는 내가 살고 싶은 곳이 아니어도 떠날 수 없는 곳이라 상황이 달랐다. 이태리 여권까지 가지고 있는데 이태리어를 잘 못하는 게 스트레스가 되었다.

셀 수도 없는 이태리어 실수를 했었고 지금도 그러고 있는데 내 아들이 슬슬 말을 배우기 시작하는 나이가 되니까 내 이태리어에 대한 답답함이 더해지는 것 같다. 유치원생보다 더 말을 못하는 수준으로 아들과 이태리어로 말하는 게 정말 스트레스다. 그래서 나는 아들이 못 알아들어도 한국말로 되도록 말하려 하고 있다.

한국 여자와 결혼한 한 이태리 남자가 나와 어쩌다 얘기할 때 웃곤 했다. 내가 마치 만화영화에 나오는 어린이가 얘기하는 것처럼 말한다는 거였다. 그 사람이 귀엽게 봐주려고 해서 그런 거지, 실상은 부자연스럽다는 뜻이었다. 그의 한국 부인의 이태리어 실력은 별로 흉 볼 게 없다. 나는 그때마다 부러움과 부끄러움이 교차한다.

이태리에 사는 많은 외국인들 특히 유럽 쪽 사람들은 이태리어를 쉽게 익히고 얼마 지나지 않아 유창하게 말을 한다. 미국이나 영국 쪽 사람들도 이태리어를 금방 익히지만 발음은 이태리어의 또렷한 발음이 아니라 부드럽게 뭉개는 영어식 발음이다.

이태리에 있는 한국 사람들은? 한국 사람들이 영어 발음은 잘 못하지만 이태리어 발음은 아주 잘하는 편이라고 본다. 노래하듯 높낮이 음을 타면서 얘기하는 것도 잘한다. 정말 못하는 부분이 관사인 것 같다. 나도 잘 못한다. 필요한 단어 그 자체만 얘기하지 그 단어 앞에 관사를 써야 바른 문법이 되는 것에 대해선 그냥 무시한다.

예를 들면 우유(latte) 라는 단어를 얘기할 때 나는 그냥 '라떼'라고 그러지만, '일 라떼(il latte)'가 올바른 표현이다. 내 아들은 단어마다 여성, 남성으로 바뀌는 관사를 자연스럽게 표현한다. 얼마 안 지나서 엄마 이태리어가 엉터리라고 놀리기 시작할 것 같다. 그런 괘씸한 상황이 되기 전에 내가 열심히 내 아들에게 한국말을 가르쳐야겠다고 결심해 본다. 일반적으로 외국에서 사는 한국 아이들이 한국말 배우기가 쉽지 않으니 기회가 될 때마다 한국으로 데려가 한국말을 익히게 하는 게 제일 효과가 있다고들 한다.

이렇게 이태리어를 못하는 내가 국가 통역 시험을 통과해냈다. 우리 집 작은 방에는 내 이름이 써진 관광 통역 자격 증명서가 액자까지 씌워져 걸려 있다. 틀림없이 내 거라는 걸 증명하기 위해 그 자격증을 받는 날 찍은 사진을 옆에 붙여 놓았다.

그 자격증 인터뷰 시험 보는 날은 내게 작은 기적의 날이었다. 그 시험을 오래전부터 준비해 온 이들도 어려워 합격하지 못한 이들이 많았다. 그런데 나는 이태리어도 제대로 못하고 공부도 별로 안 했는데 합격한 것이다.

인터뷰 시험은 세 파트로 나뉘어 있었다. 한 시험관이 이태리어로 로마 콜로세움 같은 명소에 대한 설명을 하면 그것을 한국인 시험관에게 한국말로 하는 거였다. 한국인 시험관이 신부님이셔서 모든 한국인 응시생에게 후한 점수를 주셨다. 두 번째 파트는 관광 상식에 관한 질문에 답하는 거였다. 내 앞에 먼저 인터뷰를 한 여러 한국인들이 질문에 대한 답을 못해 거의 식은땀을 흘리며 우물쭈물했다. 나는 내 차례가 오기 전에 도망가는 게 현명하다고 판단해서 같이 와준 남편에게 집에 가자고 했다. 남편이 다들 질문에 어려워하니 창피당하는 것을 무서워하지 말라고 했다.

내 차례가 되었다. 시험관이 비행기 오버부킹에 대해 얘기해 보라고 했다. 투어리더였던 내게 오버부킹은 너무 쉬운 내용이었다. 나는 나도 모르게 갑자기 침착해지면서 누군가 내게 얘기하는 것을 그냥 따라하는 기분으로 대답했다.

세 번째 인터뷰 시험관은 관광법에 대해 질문을 했다. 이것은 공부하지 않았다면 운으로도 통과할 수 없는 거였다. 시험관이 관광법 몇 번 조항에 대해 얘기해 보라고 했는데, 와우, 이럴 수가! 시험 보기 며칠 전부터 관광법 중에서 내가 외울 수 있는 몇 개만 추려서 남편 친척 중 제일 똑똑한 조카한테 아주 간단한 이태리어로 다시 써달라고 해서 그것만 외웠었는데, 그중에서도 내가 제일 완벽하게 이해한 법조항을 질문 받은 것이었다. 나는 쉬운 단어로 번역된 답변을 내놓았다.

내 인터뷰를 지켜본 중국인, 일본인 시험 응시생들이 내 인터뷰가 끝나자 내게 엄지손가락을 치켜 올려 주었다. 한국인 시험생들은 떨떠름한 표정이었다. 남편은 놀라 벌린 입을 다물지 못하고 있었다. 내 웃기는 이태리어 실력을 제일 잘 아는 사람이기에 놀랄 수밖에. 남편은 합격 축하 파티를 하자며 로마의 한국 식당으로 나를 데려가더니 내가 먹고 싶은 것을 다 먹으라고 했다. 간만에 김치찌개를 먹는 행복을 누릴 수 있었다.

나는 이태리 국가가 인정한 통역 자격증을 가지게 됐지만 통역을 할 수가 없다. 정말 웃기는 코미디가 아닐 수 없다. 그냥 운이 좋아 생긴 자격증이라서 그렇다. 나는 남의 말 통역은커녕 내 마음도 제대로 통역할 수가 없다. 남편은 내 실수 가득한 이태리어에 웃곤 했었지만 언젠가 내가 내 이태리어 실력에 뿌듯함을 느끼며 웃는 날이 왔으면 정말 좋겠다. 그런 날이 올 수 있을까.

8월, 무조건 떠나라

이태리 사람들은 겨울을 싫어한다. 비가 자주 오는 편이라 햇볕을 보는 날이 적기 때문이다. 햇볕은 이태리 사람에게 마치 삶의 생기를 주는 에너지 같다. 봄이 오면서 꽃들이 피어나면 이태리 사람들도 피는 꽃처럼 화려하게 옷을 갈아입고 다들 집 밖으로 나와 햇볕을 즐기며 사람들과의 수다를 즐긴다.

여름이 시작되기 전에는 여름휴가를 어떻게 보낼 것인지 계획 짜느라 바쁘다. 평상시 빠듯하게 생활 유지를 하던 사람들도 휴가만큼은 형편에 맞지 않는 목돈을 써서라도 떠날 계획을 세운다.

여름이 오는 건 이태리 여자들의 과감한 패션으로 느끼게 된다. 가슴이 거의 드러나는 섹시한 옷이 자연스럽게 어울린다. 나도 흉내를 내어 그런 옷을 입어보기도 하는데 오히려 내 빈약한 가슴의 단점만 드러날 뿐이었다. 아무래도 동양 여자는 그런 아름다운 풍만함을 표현할 수가 없는 것 같다.

이태리 텔레비전 쇼프로에는 춤을 추면서 흥을 돋우는 댄스걸들이 꼭 나오는데 몸매가 바비인형 몸매하고 똑같다. 비슷한 정도가 아니라 정말 똑같다. 많이 먹는 이태리 음식 문화에서 저런 몸매를 어떻게 유지할 수 있나 늘 궁금하게 만든다. 물론 타고난 유전자가 저런 몸매겠지만 내가 절대 도달할 수 없는 고지의 몸매를 가진 여자들이 그저 부럽기만 했다. 그런 섹시한 이태리 여자들이 여름철 바닷가에서 수영복 브래지어 끈까지 풀고 일광욕을 즐긴다. 햇볕에 살을 잘 태워야 더 섹시해 보이기 때문이다.

남편 형네 부부도 여름이 되면 시간이 날 때마다 바닷가로 간다. 내게도 여러 차례 같이 가자고 했지만 내가 한 번도 응한 적이 없어서 이제는 같이 가자고 묻지도 않는다. 시어머니는 여름에 나처럼 허옇게 다니는 건 브루또(brutto)하다고 말하곤 한다. 아름답다는 벨라(bella)와 그 반대 표현인 '브루또'는 이태리 사람들이 가장 많이 쓰는 일상어 중 하나이다.

나는 햇볕이 싫다. 이태리의 여름 햇볕은 부드러운 햇살이 아니라 살을 찌르는 것 같은 땡볕이다. 뜨거운 햇볕을 받으면 현기증이 나는 내가 이태리에 사는 것은 곤욕이 아닐 수 없다. 초등학교 조회 시간에 햇볕에 어지러워 두 번이나 기절한 허한 체질을 가지고는 이태리의 지글거리는 햇볕을 감당할 수가 없다. 한국 여성 관광객들이 여름에 이태리 관광을 하면 선그라스에 챙이 큰 모자를 쓰고 양산까지 들고 다닌다. 이런 모습은 이태리 사람들을 웃게 하는 진기한 풍경이된다. 하지만 나는 이곳에서 관광객처럼 햇볕 차단하는 무장을 하고 다니고 싶다. 하지만 단체 관광객도 아니고 나처럼 이태리 시골 마을에 살면서 혼자 그렇게 하고 다닐 수는 없었다. 모든 사람들의 시선을 받을 테니까. 웃기는 구경거리가 되고 말 것이다.

하지만 한국 사람인 나는 하얀 피부가 미인형이라는 문화에서 자랐고, 비교적 하얀 피부를 가져서 예쁘다는 소리를 듣기도 했었기에, 하얀 피부 유지는 내게 너무 중요한 관건이었다. 나는 시어머니가 '브루또'라고 해도 남편 형네 부부가 바다와 햇볕을 싫어하는 나를 이해할 수 없다고 해도 되도록 햇볕을 피하면서 지내보려고 애썼다.

결과적으로 허탕을 치고 말았다. 지금 내 얼굴 피부는 이태리에 살면서 피부 색깔 자체가 바뀌어 버려 농부네 며느리에 딱 어울리는 촌아줌마 피부로 변했다. 이태리의 햇볕이 너무나 강해 아무리 선크림을 바르고 모자를 쓰고 다녀도 소용없이 그을려 버린다. 이태리에서의 첫 여름은 챙모자를 쓰고 다녔지만 아무도 여름에 모자를 쓰고 다니는 이가 없어 시간이 지날수록 나도 모르게 슬슬 모자를 쓰지 않고 다니기 시작했다. 옷도 처음엔 한국에서의 여름용 옷처럼 입다가 너무 더워서 이태리 여자들처럼 피부를 드러내는 옷을 입기 시작했더니, 몸의 피부 색깔도 변해버렸다.

이태리 여자는 햇볕에 태운 피부가 더 건강해 보이고 섹시해 보이지만 나의 탄 피부는 더 촌스러워 보일 뿐이어서 속상해진다. 게다가 강한 햇볕 때문에 점들이며 기미가 잔뜩 얼굴에 끼어 버렸다. 아, 옛날이여, 하고 노래 불러도 소용없는 기미 낀 시골 아줌마로 변해버린 것이다.

남편 형네 부부는 다른 이태리 사람들처럼 매년 8월에는 휴가를 떠난다. 여름이 시작되면 라티나 바닷가 해변에서 피부를 그을리다가 휴가 때는 본격적으로 피부를 태우기 위해 햇볕이 더 뜨거운 바닷가

쪽으로 떠난다. 휴가를 다녀온 형네 부부는 아프리카 사람처럼 변해서 돌아온다. 무진장 흡족해한다.

나와 남편은 여름철 휴가를 제대로 다녀온 적이 아직 없다. 이태리 사람들이 거의 다 떠나는 8월에 남편은 오히려 일이 많아 바쁘기 때문이다. 여름 다 지나고 가을이나 되어서야 잠시 바람 쐬듯 여행을 다녀오긴 했었지만 전혀 여름 휴가 분위기는 아니었다.

8월에 집에 있는 건 미치고 환장할 노릇이다. 더 적절한 표현이 없다. 40도까지 오른 온도에 바람 한 점 없고 집에는 에어컨도 없어 숨 쉬는 것 자체가 괴로워진다. 집에서 그나마 할 수 있는 찬물 샤워를 하루에도 몇 차례나 해보지만 샤워 마치고 조금 움직이면 바로 땀에 젖는다. 무더위에는 선풍기 바람조차 후덥지근하다.

한국은 집집마다 대부분 에어컨을 갖추고 있고, 없다 해도 가까운 백화점 같은 곳에 가서 시원하게 쇼핑하면서 밥도 먹고 시간도 보낼 수 있다. 하지만 이태리에서는 에어컨을 튼 곳이 거의 없다. 아니 그보다 바깥에 나가서도 갈 곳이 없다. 동네 가게들 문이 거의 다 닫혀 있기 때문이다. 가게 문에는 다 '휴가 중'이라는 푯말이 붙어 있다. 급하게 살 게 생겼는데 가게 문들이 닫혀 있어 발을 동동거린 적이 한두 번이 아니었다.

8월에 로마는 이태리 거주인들은 거의 다 휴가를 떠나 없고 외국인 관광객들만 넘친다. 그런 도시가 세계에 몇 군데나 될까 싶어진다. 이태리에서 살수록 8월에 떠나지 않고 집에 남아 있는 게 얼마나 비참한 것인지를 실감하게 된다. 텅 빈 집을 지키는 묶인 개가 이런 심정이려나.

많은 이태리 사람들이 긴 휴가를 즐기기 위해서 자신들이 기르던 개들을 인정 없이 버린다. 더럽고 비쩍 말라 도로에 지나다니는 차 꽁무니를 부질없이 쫓는 개들이 다 그렇게 버려진 개들이다. 주인이 개를 차에 태우고 집에서 먼 곳 도로에 버리기 때문에 주인 차처럼 생긴 차들을 보고 무작정 쫓아가 보는 것이다. 그런 몰인정한 인간들이 월드컵 당시 한국이 이태리를 이기자, 한국인들은 보신탕 먹는다는 얘기를 공공연하게 떠들어댔다.

어쨌든 나는 8월이 되면 너무 우울하다. 돋보기로 태우는 듯한 햇볕과의 전쟁이 끔찍하다. 마을의 텅 빈 집들과 셔터가 내려진 가게들을 보는 것도 우울하다. 텔레비전에서 보여주는 휴가지 풍경을 보는 것도 우울하다.

그나마 내 기분을 달래주는 게 있다면 시댁의 땅에서 자란 옥수수가 익어 실컷 옥수수를 삶아 먹을 수 있다는 것과, 가끔 저녁 해가 질 무렵 마을 해변에 가서 아이스크림을 먹으며 해 떨어지는 풍경을 보는 것이다.

8월이면 떠나고 싶다. 무섭게 뜨거운 햇살을 피해 텅 빈 마을을 벗어나 사람들이 행복하게 웃는 틈 사이로 들어가 나도 웃고 싶다.

라니타 마을 노인정 앞마당.

라티나 중세마을 거리.

화를 내야 득이 생긴다

이태리에서는 착하고 순진하게 얘기하면 손해를 본다. 한국 유학생들은 이태리에서 운전하다가 접촉 사고가 났을 때 상대가 잘못한 경우여도 화를 내거나 하진 않는다. 하지만 이태리 사람들은 접촉 사고가 나면 잘못을 상대에게 뒤집어씌우려고 소리 높여 주장한다. 이런 이태리 사람과 말도 잘 못하는 순진한 한국 유학생이 접촉 사고가 나면 이태리 사람은 자기의 잘못을 순진한 외국 학생에게 돌리려 언성을 높이며 쉴 새 없이 떠든다.

사고 신고를 받고 경찰이 도착하면 소리를 더 높이며 상대가 잘못했다고 난리치듯 주장한다. 이런 거친 이태리 사람 앞에서 기죽지 않고 같이 소리 높여 맞상대하지 않으면 정당한 해결을 보지 못한다. 맘 약한 한국 유학생들이 손해를 많이 본다. 남편의 사촌누나 남편은 접촉 사고가 났을 때 상대방과 말씨름 하다가 울컥 부아가 나서 상대를 주먹으로 팼다고 한다. 실제로 많은 이태리 사람들은 주먹을 쉽게 올리며 분을 터트린다. 그러니 화도 적당히 상대방을 파악하면서 낼 필요가 있다.

이태리의 핸드폰은 사용료가 비싸다. 5유로짜리 국제전화카드를 사면 국제 통화를 200분 할 수 있는데 국내 통화하는 핸드폰은 5유로가 20여 분이면 끝난다. 번거로운 것을 좋아하지 않는 이태리 사람들은 핸드폰 요금이 비싼데도 그냥 사용하는 이가 많다. 이태리에는 세 개의 큰 핸드폰 회사가 있지만 어느 회사 요금이 더 나은지 따지는 사람이 많지 않다.

남편도 몇 년 동안 한 회사를 고정적으로 이용했는데 남편의 핸드폰 요금이 우리 한 달 식비에 가깝게 나오는데도 핸드폰 회사를 바꾸어볼 생각을 안 하는 것이었다. 핸드폰 회사를 바꾸어 보라는 내 성화에 못 이겨 남편의 핸드폰 회사에 연락해 회사를 바꾸겠다고 했더니 회사 측이 굽실거리며 핸드폰 요금을 저렴하게 낼 수 있는 혜택을 주겠다고 했다. 몇 년 동안 불만 없이 사용할 때는 아무 혜택도 주지 않더니 회사를 바꾸겠다고 하니 그제야 다급하게 혜택을 주겠다는 거였다.

그 혜택이 얼마 정도는 효과가 있었지만 얼마 지나자 핸드폰 요금 소비가 다시 많아졌다. 그 혜택이란 게 한동안 눈가림 같은 것처럼 여겨졌다. 이번에는 남편이 화가 나서 다시 핸드폰 회사에 전화에 항의했는데 화를 내자 이번에는 더 좋은 혜택을 주겠다고 약속했다. 이렇게 화를 내고 혜택을 받아낸 것만 세 차례가 이어지고 나서야, 비로소 남편이 만족할 만한 저렴한 통화를 할 수 있게 됐다.

남편과 같은 회사의 핸드폰을 쓰는 나 역시 회사에 전화해서 요금을 절약할 수 있는 혜택이 있는지 물었다. 회사에서는 나처럼 통화량이 얼마 안 되는 이를 위해 한 달에 고정된 요금을 내는 시스템이 있다고 해서 바꾸어 보았다. 하지만 회사 설명처럼 실제로 통화 요금이 절약되지는 않았다. 화가 나서 회사를 바꾸겠다고 했다. 그랬더니 역시 더 좋은 혜택을 주겠다고 알랑거렸다. 농락당하는 것 같은 불쾌감에 정말 회사를 바꾸었다. 다른 회사 핸드폰 대리점에 갔더니 내가 사용하던 회사를 끊고 자기네 회사를 이용할 경우의 혜택을 주었다.

한국 돈으로 이만 원 정도 가격으로 한 달을 이용할 수 있게 됐다. 물론 하루 통화량이 12분으로 제한되어 있지만 이태리에서는 수다 떨 친구가 없기 때문에 하루 12분도 다 사용할 대상이 없다.

내 핸드폰 사용 요금에 만족하게 된 후 1유로도 알뜰하게 아끼는 이웃 친구 까를라에게 내 핸드폰 요금을 얘기했더니 그녀가 웃었다. 그녀는 나와 다른 회사를 여러 해 이용하다가 얼마 전에 회사에 전화를 걸어 요금에 항의하며 화를 냈다고 했다. 그랬더니 회사에서 거의 공짜로 이용할 수 있는 혜택을 주었다고 했다. 이태리는 이렇게 화를 내야 득을 보는 곳이라고 말하며 웃었다.

이태리에 와서 처음으로 기차를 탔을 때였다. 매표소에서 표를 사면 기차에 오르기 전에 스탬프 기계에 표를 넣어 날짜와 시간을 찍히게 해야 되는 걸 몰라 표만 사고 그냥 기차를 탔었다. 표 검사원이 내 표를 보더니 뭐라고 했다. 표에 날짜 시간이 안 찍혀 있어 이 표를 또 사용할 수도 있다는 거였다. 벌금을 물어야 한다고 했다.

나는 몰랐었다고 기어들어가는 소리로 얘기했지만 검사원은 이미 벌금표에 펜으로 요금을 적고 있었다. 주위에 앉아 있던 몇몇 이태리 사람들이 내게 동정의 시선을 보내왔다. 한 번만 봐달라고 애원조로 얘기하기가 창피했다. 나는 처음 기차를 타고 로마에 가서 한국 식품점을 찾아 한국 식료품을 좀 사려고 했다가 장 볼 돈을 기차 벌금으로 물어야 했다.

나중에 한 한국 친구에게 이 얘기를 했더니 자기도 표에 날짜 시간 찍는 도장을 안 하고 기차를 탔다가 검표원이 벌금을 물라고 해서 못 알아듣는 척 한국말로만 대답했더니 검표원이 답답해하다가 그냥 봐줬다는 것이었다.

이태리 사람들은 말이 안 통하면 그냥 봐주는 경우가 많다는 걸 나도 확인한 경우가 있었다. 어느 날 내가 탄 기차에서 검표원이 한 미국 여자에게 역시 날짜 도장을 안 찍었다고 벌금을 물라고 했다. 미국 여자는 젊은 금발 미녀였다. 검표원이 벌금을 물라고 하는 목소리조차 어느 때와 달리 부드러운 톤으로 얘기했다. 금발 미녀가 어깨를 쓱 올리며 영어로 몰랐었다고 얘기하니 검표원이 영어를 못해 우물쭈물하다가 금발 미녀의 봐달라는 미소에 결정적으로 녹아 그냥 봐주며 지나쳤다. 이 광경을 본 나는 콧방귀가 절로 나왔다.

한번은 어떤 할아버지가 표를 잘못 사서 기차를 탔다가 검사원이 벌금을 물어야 한다고 했다. 할아버지는 얼굴을 병석에 누워 있는 환자처럼 일그러트리더니 오늘 몸이 너무 아프고 두통이 너무 심해 표를 잘못 산 줄도 몰랐다고 했다. 검표원이 아픈 건 당신 사정이고 표를 잘못 산 것은 (아마 표를 더 싼 것으로 샀나 보았다) 벌금을 물어야 되는 경우라고 말했다. 그러자 할아버지는 언성을 높이며 노인네가 두통이 심해 표를 실수해서 샀기로 그렇게 야박하게 벌금을 물게 하려고 하느냐며 경우 없는 젊은이 호통치듯 했다. 검표원은 한숨을 쉬더니 화내는 노인네를 그냥 두고 가버렸다.

결론적으로, 말이 안 통하는 척하거나 예쁘거나 무식하게 화를 내면 기차 벌금을 통과할 수 있다는 것이었다. 안타깝게 세 경우 중에 내가 할 수 있는 게 없었다.

집으로 광고 전화가 많이 온다. 다양한 종류의 상품들을 전화로 판매하려는 거다. 낮잠 자다가 또는 화장실에 있다가 급히 나와 이런 전화를 받으면 당연히 짜증이 난다. 내가 전화를 든 순간부터 숨도 안 쉬는 빠른 목소리의 광고 설명이 들린다.

나는 처음에는 예의를 갖춘 목소리로 관심 없다고 거절한 후 좋은 하루 되라는 인사까지 하고 전화를 끊었다. 하지만 하루에도 두세 차례나 울리는 광고 전화가 스트레스가 될 정도가 된 후로는, 광고 전화라는 것을 확인하자마자 이태리 사람이 아니라 못 알아듣겠다고 딱 잘라 말한 후 전화기를 신경질적으로 내려놓게 되었다.

남편은 광고 전화를 받으면 마치 친구 전화라도 받은 것처럼 다 들어주고 생각해 보겠다고 한 후 안내해줘서 고맙다는 인사까지 하며 끊는다. 그러면 상품을 거절하지 않은 남편의 관심을 놓치지 않으려는 회사에서 더 자주 열심히 집으로 전화한다. 내가 관심 없다고 하면 당신 남편은 관심 있어 한다고 대답한다. 같은 회사에서 여러 차례 전화를 해서 남편 핑계를 대며 남편이 집에 있는지를 물어와 결국 나는 목소리를 높여 화를 냈다.

화를 제대로 안 내면 또 전화한다. 확실하게 제대로 내야 다시 전화하지 않는다. 예의를 갖추면 얕잡아보고 물고 늘어지고, 화를 내면 통하는 이런 경우들이 짜증나지 않을 수 없다. 한번은 밤 아홉 시가 넘어서 광고 전화가 왔다. 내 아기가 방금 전 잠이 들었다가 전화벨 소리에 깨고 말았다. 나는 아홉 시가 넘어 오는 전화라면 뭔가 급한 전화인가 싶어 받았는데 광고 전화라서 다짜고짜 이렇게 아기들 잠든 시간에까지 광고 전화를 해야 되냐고 화를 냈다. 상품을 팔려던 여직원이 내 화에 기죽은 목소리로 회사가 밤 열 시까지 일하게 되어 있어서 전화한 거라며 정말 미안하다며 전화를 끊었다.

나는 싸움에 소질이 없다. 어릴 적부터 지금까지 싸워서 내가 통쾌하게 이긴 적이 한 번도 없다. 소심한 성격이라 호탕하게 소리 높이는 사람들을 체질적으로 가까이하지 않는다. 이태리 사람들과 살면서 나는 속으로 화병이 나는 것 같다. 화가 나는 일도 많고 화를 내야만 말이 먹히는 경우도 많아 나는 내 내면이 바라는 고요와 내 현실의 정신없는 신경전 사이에서 늘 속병을 앓는다.

집안의 큰 행사, 토마토소스 만들기와 포도주 담그기

한국의 겨울철 김장 담그기 행사처럼 내 시댁에서는 두 개의 큰 집안 행사가 있다. 여름철에 토마토소스 담그는 것과 가을철에 포도주 담그는 것이다. 시댁의 텃밭에는 여러 가지 채소와 함께 토마토가 심어져 있다. 봄에 씨를 뿌린 토마토는 여름이 되면 한창 영글어진다. 7월 말이나 8월 초에 이 토마토를 가지고 소스를 만들어 일 년 먹을 준비를 한다.

시어머니는 한 사람의 일손이라도 필요하기 때문에 내게도 와서 거들 수 있냐고 묻는다. 시어머니가 와서 도와달라는데 어떻게 며느리가 싫다고 할 수 있나 싶어 간다. 그런데 큰며느리는 매년 꼭 토마토소스 만드는 날 두통이 있다며 침대에 누워 있는다. 이태리 며느리는 시어머니를 전혀 무서워하지 않는다.

토마토소스는 우선 텃밭의 토마토를 따는 것으로 시작한다. 그리고 물에 씻는다. 커다란 대야에 물을 받고 토마토를 넣어 토마토에 묻은 흙만 대충 씻는 것이다. 여전히 흙물이 남아 있는 토마토를 다른 대야에 옮긴다. 농부들에게는 흙이 더러운 것이 아니다. 그래서 토마토에 남아 있는 구정물처럼 보이는 흙물이 비위생적이라고 생각하지 않는다.

시어머니는 샐러드를 준비하기 위해 상추를 씻을 때에도 싱크대에 물을 받아 한두 번 쓱 헹구고 만다. 집에서 기른 무공해 야채는 그렇게 헹구어도 괜찮겠지만 가게에서 산 야채는 농약이 남아 있을 테니 잘 씻어야 하는데도 시어머니는 야채는 대충 헹구어도 괜찮다고 여긴다. 내가 상추를 흐르는 물에 한 잎 한 잎 씻으면 시어머니는 내게 호들갑스럽다고 한다.

토마토를 씻은 다음에는 집안 여자들은 자리를 잡고 앉아 토마토를 여러 토막으로 자른다. 이태리 여자들은 야채를 자를 때 도마를 거의 이용하지 않는다. 한 손에 야채를 들고 바로 칼로 자른다. 모양이 똑바를 필요가 없다고 여긴다. 자연스럽게 잘라진 게 더 좋다고 한다. 감자를 잘라 오븐에 구워 먹을 때도 감자를 도마 없이 칼로 자른다. 사실 도마를 사용하지 않는 게 더 위생적이기도 하니 좋은 습관인 것 같다. 나는 도마 없이 자르는 것에 익숙하지 않아 무릎에 작은 도마를 놓고 자른다. 도마 사용이 다른 이들보다 속도를 더 느리게 했다.

시댁의 큰 행사 중 하나인 토마토소스 만드는 날. 남편의 고모님과 함께 토마토를 자르고 있다.

잘라진 토마토는 토마토 즙을 만드는 기계에 넣고 시아버지나 남편이 기계를 돌린다. 이른 아침부터 시작해서 점심 전까지 일을 하고 쉰다. 아무도 이 정도의 일에 피곤해 하지 않는데 나는 반나절 앉아 토마토를 자르고 나면 다리에서 쥐가 나고 어깨가 쑤신다. 하지만 점심에 먹는 파스타가 방금 막 즙이 된 신선한 토마토소스로 만들어져 여느 때보다 맛있게 먹을 수 있어 좋다. 날씨가 너무 더워 점심 후에는 일하지 않는다. 그냥 낮잠 자고 쉰다. 나머지 일은 다음 날 아침과 그다음 날 아침에 하면 된다. 간단한 작업이라 이삼 일이면 일이 끝난다.

즙이 된 토마토는 빈 포도주 병이나 유리병에 담겨진다. 이때 바질 잎사귀 한두 개를 함께 넣는다. 바질 잎사귀가 토마토소스의 향을 돋구어준다. 토마토 즙을 넣는 빈 포도주병이나 유리병도 위생적으로 잘 닦여진 상태는 아니다. 농약이나 비위생적인 것의 세균 얘기를 귀 따갑게 들어온 나에게는 시댁의 토마토소스 만드는 과정이 청결한 과정으로 보이지 않았다.

유리병에 담은 토마토 즙은 뚜껑을 잘 덮은 후 한국 겨울철 거리에서 군고구마를 구워 파는 통 같은 곳에 넣는다. 그 안에 물을 채우고 그 통을 통째로 끓이듯이 통 아래쪽에 불을 지핀다. 그렇게 토마토 즙이 유리병 안에서 뜨겁게 끓여지고 나면 작업이 모두 끝난 것이다. 일 년 동안 그 유리병 안에서 토마토 즙이 안 상한다는 것이다. 이렇게 만들어진 토마토소스로 시댁은 일 년 내내 파스타를 만들어 먹는다.

포도가 한창 제철인 10월 말이나 11월 초에 시댁은 포도주를 담근

다. 포도주를 집에서 담가 먹지만 시댁 밭에는 포도가 없기 때문에 포도는 사야 한다. 포도 농사를 짓는 농부들은 포도주를 담그는 무렵이면 당연히 되도록 이익을 보며 팔려고 한다. 많은 이들이 세금을 피하기 위해 사는 이에게 명세서를 써주지 않는다. 한마디로 불법 거래를 한다. 명세서를 주지 않는 대신 시세보다 조금 낮은 가격으로 판다.

정부가 일일이 개인 농가 포도 거래를 확인할 수 없으니 쉽게 거래가 이루어지지만 문제가 하나 있다. 포도를 집으로 가지고 와야 하는데 많은 양의 포도를 운반해 줄 트럭이 포도 판매 명세서 없이는 운반을 안 해주는 것이다. 명세서에 트럭 운반료가 기입되어야 하고 이 명세서를 가지고 있어야 운반하는 동안 경찰 검문 시 문제가 없다.

매년 시아버지와 옆집에 사는 남편 사촌과 남편 형수의 친정아버지, 남편의 고모부가 함께 포도를 사서 포도주를 만드는데 매년 포도를 구입한 후 운반하는 문제로 실랑이를 벌인다. 트럭 운반 책임을 서로 안 지려는 실랑이다. 운반 중에 재수 없이 경찰 검문에 걸리면 벌금이 상당하기 때문이다.

나는 남편에게 명세서를 합법적으로 써주는 농부에게 포도를 사면 아무 문제 없을 텐데 왜 매년 나이 든 어른들이 어린애처럼 싸우는지 모르겠다고 했더니 남편은 명세서를 써주는 농부를 찾기 어렵고 그 농부네 포도가 좋은 질을 가지고 있어야 되는데 이런 조건을 다 갖춘 곳을 찾기 어렵다고 했다.

농부뿐 아니라 세금을 제대로 내는 이태리 사람은 거의 없다. 정부나 회사로부터 월급을 받아 세금을 속일 방법이 없는 사람들은 제외가 될 것이다. 정부도 다 알고 있지만 국민 전체가 속이니 통제가 불가능한가 보다. 아니 그보다 정부 자체가 불법적인 부정 거래의 배후가 되기도 하니 이태리가 정직한 나라가 될 가능성 자체가 없다. 악순환처럼 정부는 세금을 속이는 국민들에게 세금을 높게 책정하는 것으로 골탕을 준다.

경찰 검문의 위험을 무릅쓰고 포도를 운반해줄 트럭을 찾기가 어렵다 보니, 네 명의 어른들이 서로에게 그 일을 해결하라고 입씨름을 벌이다 남편 형수의 친정아버지가 트럭을 가지고 있으니 그에게 운반 일을 맡으라고 몰아세웠다. 남편 형수의 친정아버지는 경찰에 걸리면 포도 값의 몇 배나 되는 벌금을 물어야 되니 싫다고 거절했다. 그러면 다른 세 명의 남자가 화를 내며 삐진다.

작년에는 남편의 고모부가 어찌어찌 손을 써서 포도 운반을 해줄 트럭을 찾아 운반 문제를 해결했는데 트럭 운반료를 다른 세 남자에게 내라고 제안했다. 그런데 남편의 아버지를 제외한 두 남자가 아주 쩨쩨하게 운반료를 내놨다. 남편의 고모부는 또 화가 났다.

포도주를 만드는 과정에서도 네 남자는 실랑이를 벌인다. 포도를 포도알과 포도 가지를 분리시키는 커다란 틀에 넣어 짜면 그 틀 아래 커다란 대야에 포도알만 떨어진다. 포도 껍질과 포도 알맹이가 섞여 있는 큰 대야를 일주일에서 열흘 동안 자연 숙성 되도록 그대로 놔둔다. 단, 매일 잘 저어 주어야 한다. 매일 누군가 열심히 저어 주어야 하는데 이것도 서로에게 미루려고 한다. 자기 포도주이면서 남의 포도주이기도 해서 자기가 책임을 지지 않으려고 하는 것이다.

열흘쯤 지난 포도를 이번에는 틀 뚜껑으로 누른다. 틀 바깥 손잡

이를 앞뒤로 움직이면 틀 뚜껑이 눌려지는데 남자의 손힘이 필요하다. 눌려진 포도는 즙이 되어 틀 아래 놓여진 다른 대야에 떨어진다. 포도즙을 다시 여러 개의 오십 리터짜리 큰 유리병 안에 넣는다. 그리고 한 달을 다시 자연 숙성 시키려 내버려둔다. 그런 후 빈 포도주병에다 담는다. 뚜껑은 싸구려 플라스틱을 사용한다. 이것으로 포도주 만드는 과정이 모두 끝난다.

그렇게 만들어진 집포도주를 시아버지는 매일 점심에 반 병씩 마신다. 시아버지는 식사하는 동안 물을 마시지 않는다. 가끔 포도주병에서 날파리 곤충 같은 게 나오기도 한다. 포도즙을 대야 안에서 자연 숙성 하는 과정에서 날파리 곤충들이 들어가기 때문이다. 시아버지는 개의치 않고 포도주에 쩔어 죽은 곤충을 쓱 걷어내고 마신다.

나도 시아버지의 포도주를 마시기도 하는데 화학제품이 안 들어간 포도주라 마셔도 머리가 무거워지거나 속이 쓰리거나 하지 않는다. 오히려 소화를 도와준다. 치즈나 올리브를 같이 먹으면 포도주 맛을 더 즐길 수 있다.

이태리에 살다보니, 나도 은근히 포도주 애호가가 되어간다. 포도주가 없는 식탁은 뭔가 중요한 것이 빠진 것처럼 보이니 말이다. 독한 보드카를 먹는 러시아 같은 나라나 살찌는 맥주를 마시는 독일보다는 혈액 순환을 돕는 포도주를 적당히 마시는 이태리가 당연히 낫다. 추하게 술주정하는 이태리 사람을 본 적이 없다.

음식도 집집마다 손맛에 따라 다르듯 집 포도주도 유난히 맛있게 만드는 집이 있다. 그런 집 포도주를 맛보게 되면 눈이 저절로 감겨진다. 술 맛을 제대로 모르는 나도 잠시 황홀해진다. 어쨌든 나는 시댁에서 레스토랑에서는 맛볼 수 없는 자연식 요리를 먹을 수 있다. 집에서 만든 토마토소스로 오십 년 파스타 요리 경험자인 이태리 시어머니의 파스타를 먹는다. 시골 노인네인 시어머니는 다양한 요리는 할 줄 모른다. 하지만 파스타만큼은 참 맛있다.

시댁 토마토소스로 만든 파스타를 먹은 후 두 번째 요리로 역시 시댁에서 기른 소와 닭 토끼 요리를 먹을 때가 많다. 시댁 텃밭에서 기른 갖가지 야채들을 곁들여서. 식사하는 동안 간간이 시아버지의 집 포도주를 마신다. 이태리 시댁 식구들과 먹는 식탁이 가끔 서먹해져도 포도주를 좀 마시면 생각의 나사가 풀어지며 괜찮아진다.

이태리에서는 인생을 이렇게 약간 취한 듯 사는 게 행복해지는 비결이 아닐까 여겨지기도 한다.

↑ 시댁은 키위 농사를 짓는다. 수확 때에는 온 가족과 함께 나도 한 몫 거든다.
→ 키위를 트랙터로 운반하는 시아버지.

이태리 남자는 바람둥이

흔히들 이태리 남자는 핸섬하고 사랑을 정열적으로 하고 바람둥이가 많다고 말한다. 핸섬? 잘생긴 이들이 많이 있긴 하다. 그러나 내 취향의 핸섬과는 좀 거리가 있다. 나는 깔끔한 스타일을 좋아하는데, 이태리 남자들은 대체로 섹시한 스타일을 연출하고 싶어 하는 것처럼 보인다.

특히 수염을 얇은 한 줄로 남겨놓는 스타일의 남자는 정말 아니다. 전혀 멋있지 않은 이 수염 스타일이 인기라는 게 이해가 안 된다. 또 비 오는 날에도 선글라스 쓰고 다니는 것을 멋으로 여기는 이들도 가위표다. 한쪽 귀에 귀걸이 하는 것도 감점이고.

내가 아는 한 한국인 친구는 자기를 좋아하는 이태리 남자가 있어 데이트를 해보긴 했는데 그의 손과 가슴의 털이 영 친숙해 지질 않아 아무래도 그만 만나야 될 것 같다는 말을 했었다. 나도 수영장에서 털 많은 이태리 남자를 만나면 그 털이 수영장 물에 떨어졌을 것 같아 찜찜해질 때가 있긴 하다.

사랑에 정열적이다? 이 부분은 맞는 것 같다. 이태리 사람한테는 잘 먹는 게 제일 중요하고, 먹는 것만큼 사랑하는 게 중요하다. 애정을 자연스럽게 표현하는 미국인들조차 이태리에 오면 아무 곳에서나 연인들이 부둥켜 안고 정열적으로 입을 맞추는 광경에 놀라워한다.

　한번은 사람들이 꽉 찬 버스에서 한 젊은 커플이 부둥켜안고 입 맞추는 것을 보았다. 달리는 버스가 흔들리며 한쪽으로 쏠릴 때마다 이 커플은 자석처럼 딱 붙어 사람들 틈바구니에서 이리저리로 쓰러지면서도 맞춘 입을 떨어트리지 않았다. 그런데 아무도 이 커플에게 눈길을 던지는 이가 없었다. 나만 제외하고. 이 만원버스에서 저러고 싶을까 싶었다.

　나는 로마 기차역을 자주 이용해서 기차역에서 이별하는 연인들의 뜨거운 포옹과 입맞춤도 수시로 본다. 그대로 로맨틱 영화 장면이다. 내 남편은 이태리 남자인데 이런 정열의 로맨틱 영화 장면을 나와 나눈 적이 없다. 한국 조선시대 양반으로 태어난 사람 같다. 공공장소에서의 진한 애정행각을 저속해 한다. 그는 그의 부모님 앞에서는 내 손도 안 잡는 사람이다. 이태리 남자 맞나 싶어진다.

　이태리 남자는 바람둥이? 바람둥이가 많은 것도 사실이다. 결혼 전에 바람둥이인 것은 덮어버릴 수도 있지만 결혼 후의 바람은 심각한 문제가 되는 게 당연하다. 남편 형수의 여동생이 남편이 바람을 펴서 이혼했다. 처음 바람을 폈을 때는 용서해주고 지나갔다고 한다. 그런데 다시 바람을 폈는데 상대가 열아홉 살이었다고 한다. 다시 용서를 해줄 수는 없었는지 이혼했다. 그녀의 남편은 이혼 후 열아홉 살짜리와 아예 동거에 들어갔다.

남편 형수의 여동생은 열일곱에 임신해서 결혼했다. 지금 나이가 삼십 대인데 아들이 벌써 성년식을 했다. 남편 형수의 여동생은 일찍 임신하는 바람에 결혼했지만 결혼하기 전에 한 바람 피웠다고 한다. 하지만 결혼 후 남편의 바람을 봐줄 수는 없었던 모양이다. 그녀는 이혼 후 1년쯤 지나 남자 친구를 만났다. 남편을 쫓아낸 집 침대에서 그 남자 친구의 아기를 가졌다.

　이태리는 이혼이 법적으로 이루어지는 데 3년이 걸린다고 한다. 그래서 그녀가 다른 남자의 아기까지 낳았어도 아직 이혼이 법적으로 통과된 상태가 아니라 그 남자와의 결혼을 서두를 수가 없다.

　나는 그녀가 이혼 후에 어두운 얼굴을 하고 있는 것을 본 적이 없다. 이혼 후 담배를 피우기 시작한 것만 달랐었다. 이태리 여자는 슬픔에도 강한 것 같았다. 다시 다른 남자와 연애하면서 행복해하더니 아기 엄마가 되어 새 남자친구와 오래된 부부처럼 지내고 있다. 성년식까지 치른 그녀의 아들도 엄마의 새 남자를 반항하지 않고 받아들였다. 한편 그녀의 바람난 전남편은 열아홉 살 여자와 동거하다 차여 오갈 데가 없어지는 바람에 그의 부모 집으로 들어갔다고 한다.

　남편의 사촌누나의 남편도 문제 많은 바람둥이다. 그 남자는 라틴 혈통의 미국 배우 안토니오 반데라스와 비슷하게 생겼고 남편의 사촌누나와 살기 전에 이미 결혼해서 두 아이까지 있었다. 이태리는 이혼 절차가 까다롭고 돈도 들고 해서 부부가 헤어져도 이혼 서류를 밟지 않는 경우가 많다. 또 이혼을 하면 남편이 많은 위자료를 아내에게 주어야 하고 아이 양육비와 기본 생활 보조비를 매달 전 아내에게 보내야 한다.

남편의 사촌누나는 결혼한 남자와 바람이 나서 그의 가정을 깨트리고 살림을 차린 경우이다. 남자의 쌍둥이 아이까지 낳았다. 쌍둥이가 무럭무럭 자라고 있는데 이 남자가 다시 다른 여자와 바람이 나서 집을 나가 버렸다. 남의 가정을 깨뜨린 벌을 받는 것처럼 다른 여자가 그녀의 남편과 바람이 난 것이다.

남편의 사촌누나는 혼자서 쌍둥이를 키우고 있다. 그녀가 전 남편 욕을 하며 담배를 뻑뻑 피우는 것을 보았어도 울상을 짓거나 신세타령 하는 것은 본 적은 없다. 청소부로 일해 생활비를 벌며 혼자 씩씩하게 쌍둥이를 키우고 있다. 이태리 여자가 얼마나 현실에 강한지를 보는 것 같다. 전남편과 정식 결혼이라도 했었더라면 매달 양육비라도 받아낼 수 있었을 텐데. 하긴, 그녀의 전남편은 서류상 전부인에게 생활비 보내주는 것도 벅차하는데 두 번째 아내까지 도와주려면 버는 것 다 바쳐도 모자랄 것이다. 그런데 현재 또 다른 여자와 살림을 차렸으니, 인생 막 가자는 심사로밖에 안 보인다.

남편 형수의 친정아버지가 바람피운 얘기는 어이가 없다. 그는 목수 일을 하는 막노동꾼이다. 나무며 장비들을 실은 트럭을 몰고 가다가 길에 서 있던 창녀였는지 아니면 그냥 꼬신 것인지 모를 어린 여자와 바람을 폈다. 그런데 남자들은 결혼하고 늙어가는 나이가 돼도 어린 여자와 몸을 섞은 걸 상대를 안 가리고 자랑하고 싶어 못 참겠나 보다. 그는 남편의 부모, 그러니까 그의 사돈 내외에게 이 이야기를 자랑했다. 사돈에게 바람피운 것을 자랑하는 이 이태리 남자, 정말 황당하지 않을 수 없다.

내 남편을 아들처럼 챙겨주는 이가 있는데 나이가 육십이 넘었다.

그도 바람을 펴서 전 아내와 이혼을 했다. 그 후 또 많은 연애를 하다가 결국 그보다 스무 살도 더 나이 차이가 나는 여자와 살림을 차렸다. 그의 집에 가면 이 젊은 여자의 취향대로 집 안이 멋지게 꾸며져 있다. 집 안 꾸미는 것을 좋아하는 것은 괜찮지만 비싼 고급 가구들과 장식을 좋아하는 것은 그의 허리를 휘게 한다. 정년퇴직한 나이에 젊은 새 여자 살림 꾸미기 뒷돈 대느라 자가용으로 개인 운전하는 일을 하고 있다.

오토바이 사고로 아들을 잃었다는 남편 친구도 예전에 많은 바람을 피웠다고 한다. 그 바람 중에 남편에게 골탕을 먹인 경우도 있었다. 그 친구도 한동안 남편처럼 한국인 관광 그룹 버스 운전 일을 했었다. 일주일에서 보름까지 이어지는 이 유럽 여행에서 많은 바람 스토리가 생기는 것은 나도 들은 바가 많아 잘 알고 있다. 한국인 유부남 현지 가이드와 여행 그룹 여자 손님이 바람이 나기도 하고 유부남 이태리 운전기사와 여행 그룹 여자 손님이 바람이 나기도 한다.

현지 총각 남자 가이드가 여행 그룹 미혼 여자와 눈이 맞는 경우와 혹은 미혼의 여자 인솔자와 눈이 맞는 경우는 헤어져도 기억하고 싶은 로맨스로 남을 수 있을 것이다. 그중에는 그렇게 만나 결혼하는 경우들도 있다. 여행인솔자인 내가 투어버스 운전기사와 결혼 한 케이스도 그중 한 케이스가 된다.

하지만 유부남 이태리 버스 기사와 여자 여행 손님과의 눈 맞음은 당연히 바람이다. 이태리 바람둥이 버스 기사들이 일본 관광객 일을 하고 싶어 하는 속내가 따로 있다고 들었다. 아무튼 남편의 친구는 마흔 넘은 지금도 괜찮은 인상이지만 그의 핸섬한 아들이 그의 젊었을 때 얼굴이라면 매력 있는 미남이었다. 한 한국 여자 관광객이 영화배우라도 만난 것처럼 그에게 반해 버렸다. 그 여자의 여행 그룹이 유럽 일정을 마치고 독일 프랑크푸르트에서 한국행 비행기를 탔는데 이 여자는 사랑에 빠져 제정신을 차리지 못하고는 그대로 독일에 남았다. 그리고 남편의 친구와 이틀을 잠적했다.

남편의 입장에서 잠적했다고 하는 게 맞는 것이 그때 남편이 남편의 버스를 독일에 남겨두고 남편의 친구 버스로 같이 이태리로 돌아와야 하는 일정이었다고 한다. 그런데 말도 없이 공항에서 사라진 것이었다. 핸드폰도 없던 때여서 남편은 이태리 회사로 전화해 동료 기사한테 연락 온 것이 없는지만 물었다. 발을 동동 구르며 속수무책으로 이틀이나 기다리니 드디어 나타났다.

남편의 친구는 내게도 이 에피소드를 재미난 이야기처럼 떠들면서 내 남편이 너무 화가 나 독일에서 이태리까지 긴 시간 내내 한 마디도 안 했다고 했다. 이틀의 로맨스를 보내고 한국으로 돌아간 여자는 남편의 친구가 그리워 얼마 후에 이태리로 찾아왔다. 남편의 친구는 처음부터 심각해질 의도가 없었기에 자신이 유부남이라는 것을 밝혀 여자를 한국으로 돌려보냈다. 이렇게 한국으로 되돌아간 그 여자가 비행기 안에서 얼마나 울었을까. 유부남인 걸 밝히지 않고 바람피운 이태리 남자에게 제대로 한 방 먹은 케이스다.

남편의 친구는 아들을 오토바이 사고로 잃은 후 가정적인 남자로 변했다. 출장 다니는 스케줄 일은 하지 않고 그동안 잘해주지 못했던 아내에게 뒤늦게 좋은 남편이 되려고 노력하고 있다. 그리고 작은아들을 잃었지만 고맙게 남아 있는 큰아들에게 작은아들 몫까지 더해 사랑을 쏟고 있다.

한국 음식을 먹고 싶다고 해서 내 집에 그와 아내를 초대했다. 두 사람은 맛있게 먹어주면서 식사 중 몇 차례나 부부가 함께 발코니로 나가 담배를 피웠다. 부부가 같이 담배를 너무 많이 피우는 것 같았지만 뭐라고 할 수가 없다. 아들을 잃은 부모 심정을 누가 헤아릴 수 있겠는가.

남편의 또 다른 가까운 친구는 현재도 바람을 피우고 있는 중이다. 그는 아내가 일곱 살이 많다. 그는 트럭 운전 일을 하고 아내는 병원에서 청소부 일을 한다. 그의 아내는 따뜻한 여자이다. 나를 만나면 포옹과 입맞춤을 애정을 담아 세게 한다. 두 아들을 낳아 잘 키우고 있다. 남편의 친구는 아내의 친정 엄마 집에서 같이 산다. 이태리는 결혼해서 여자가 남편의 부모와 같이 사는 경우도 많지만 남자가 아내의 친정에서 사는 경우도 많다.

한국이라면 보통 이런 데릴사위들은 아내 친정집에 사는 관계로 아내나 아내의 친정 부모에게 고분고분하겠지만 남편의 친구는 아내의 친정집에서 안하무인 상전이다.

홀로 된 노인네 장모 무시하고 그 앞에서도 아내에게 소리 지른다. 남편으로서 좋은 점수를 줄 수 없는데 얼마 전부터는 바람까지 피우는 것이다. 그는 자기가 지금 너무 괜찮은 여자와 사랑에 빠졌다고 당당하게 자랑한다. 연상의 아내가 싫증이 났다고 했다. 남편은 그 친구에게 정신 차리라고 충고해 보지만 바람의 독한 향에 취한 그 친구 귀엔 들리지도 않는다.

바람둥이의 대명사 카사노바가 태어난 이태리. 그의 후예답게 많은 이태리 남자들이 바람 놀이를 즐긴다. 〈달콤한 인생〉이란 유명한 이태리 영화 제목처럼 이태리 사람들에게 인생은 달콤하게 즐기는 것이다.

음식을 즐기고 여행을 즐기고 사랑을 즐긴다. 많은 이태리 유부남들은 바람도 인생을 즐기는 것이라고 여기고 있다. 그 바람에 가정이 깨지고 많은 위자료를 줘야하는 것은 무섭지 않나 보다. 이래서 많은 이태리 남자들이 결혼하지 않고 동거만 하는 걸까?

박수를 쳐주는 장례식

나는 기독교인으로서 천국을 믿고, 죽어서 천국에 가기를 희망하고 있지만 그러면서도 죽고 싶지 않다. 벅차게 힘들 때면 죽고 싶은 심정이 들 때도 있었지만 안 죽을 것을 알고 해보는 투정이었다. 지진이 나던 날 내가 얼마나 죽을까봐 벌벌 떠는 겁쟁이인지를 실감했다. 천국을 믿어도 내 머리로 감도 잡을 수 없는 사후의 세계를 무서워하고 있다.

그래서 누군가 아는 이가 죽었다는 소식을 들으면 혼돈감에 머리가 멍해진다. 조금씩, 그러나 쉼 없이 흘러내리는 모래시계처럼 언젠가 내 삶의 모래도 다 떨어지는 날을 그려보게 된다. 이것을 머릿속에서 떨치기 위해 먹고 사람 만나고 텔레비전 보고 컴퓨터에 빠지고 하지만, 아는 이가 죽으면 슬픔과 공포가 엉킨 감정이 나를 옭아 맨다.

이태리에선 사람이 집에서 사망하면 정장을 입혀 관 없이 그냥 눕혀 놓아, 찾아오는 사람들이 숨 거둔 이를 만지며 작별 인사를 나눌 수 있게 한다. 남편 부모님 집 옆집에 남편 큰아버지가 사는데 이분이 한 해 전에 돌아가셨다. 시아버님의 친형인데 두 사람은 오랫동안 담장 하나를 두고 살아도 인사도 안 하고 지냈다.

두 사람은 이태리 남쪽 사르노라는 곳에서 태어나 장성한 후 지금 사는 라티나에 함께 땅을 샀다. 두 형제는 결혼을 하고도 함께 한 집에서 살면서 농사를 지었다. 남편의 아버지가 두 아들을 낳았고 남편의 큰아버지는 아기가 안 생겨 남편 큰어머니의 언니가 낳은 아기를 데려다 아들 삼았다.

한 집에서 두 가족이 시끌벅적하게 살았다. 그러다 아들들이 장성해지자 남편의 아버지가 그의 형에게 땅을 나누자고 제안했다. 그런데 남편의 큰어머니가 욕심과 질투가 많아 땅을 공평하게 나누는 걸 반대했다.

오랫동안 형제끼리 실랑이를 벌였다. 그러다 결국 남편의 큰아버지가 훨씬 더 땅을 차지하는 것으로 끝났다. 그렇게 끝나면서 형제간의 우애도 끝났다. 같이 살던 집도 반으로 나누어 벽으로 막았다. 두 집 사이의 담장은 벽담장이 아니라 철사망 같은 것으로 허술하게 경계만 한 것이라 이쪽 집이 저쪽을 훤히 볼 수 있다. 그런데도 오랜 세월을 보고도 안 본 척 인사는커녕 눈길도 안 주면서 보낸 것이다.

한국에서도 땅 가지고 가족 간에 싸우는 일이 얼마나 흔한가. 그런데 바로 내 이태리 시댁이 같은 스토리를 가지고 있었던 것이다. 남편의 큰아버지가 돌아가셨을 때조차 남편의 아버지는 죽은 형을 보러가지 않으려고 했다. 친척들이 남편의 아버지를 달래며 마지막 인사를 하라고 다그치자 영 안 내킨다는 표정으로 옆집을 향했다. 형의 죽음을 슬퍼하는 감정은 보이지 않았다. 옆집에 가니 남편의 큰아버지가 거실에서 낮잠 중인 듯 누워 있었다. 죽은 사람이라는 게 실감나지 않았다.

시체를 해부하며 의대생들을 가르치던 한 외과의사가, 어느 순간 흙으로 만들어진 첫 인간에게 하나님이 숨을 불러 주셨다는 성경 대목이 너무 잘 이해가 됐다고 했던 얘기가 기억났다. 나도 남편의 큰아버지를 보며 이 숨을 이해할 수 있을 것 같았다. 너무나 살아 있는 것 같은 모습이었지만 숨만 없는 것이었다. 숨이 목숨의 경계선이었다.

남편의 큰어머니는 죽은 남편 옆에서 흐느끼고, 찾아온 이들은 그녀를 위로했다. 눈물을 함께 흘리기도 하지만 아무도 통곡하듯 울지 않았다. 마련된 다과를 먹으며 두런두런 죽은 이를 추억하는 얘기를 주고받았다.

사망하고 사흘째 되는 날 보통 장례식을 치른다. 가톨릭 국가라 성당에서 장례식을 한다. 성당 신부님 자리 곁에 관을 놓고 죽은 영혼을 위한 미사를 한다. 미사가 끝나면 관을 모시고 묘지로 간다. 묘지는 관을 땅에 묻고 비석을 세운 모양이 아니라 마치 커다란 서랍장처럼 차곡차곡 관을 집어넣는 형태로 되어 있다.

묘지에 도착했는데 묘지 관리사무소 직원들이 무슨 문제가 있는지 기다리라고 했다. 관을 실은 리무진 차가 묘지 입구에서 들어가지도 못하고 한참을 서 있어야 했다. 가는 비까지 죽죽 내리고 있었다. 남편 큰아버지의 사돈 양반이 성격이 불같은지 기다리다 언성을 높이며 뭐가 문제냐고 화를 냈다. 남편 큰아버지의 며느리가 그녀의 아버지를 제지하며 제발 참고 조용히 해달라고 또 화를 냈다. 웅성거리며 한참을 기다린 후에야 묘지 안으로 들어갈 수 있었고 관을 돈을 주고 산 지정된 곳에 넣었다.

묘지를 등지고 돌아서 나올 때 남편의 큰어머니가 계속 눈물을 훔치고 있는데 한 노인네 친척이 나지막한 목소리로 그녀를 위로했다. 우리도 다 갑니다, 하고.

남편의 친구 중에서 얼마 전에 어이없이 사망한 사람이 있다. 단순한 옆구리 피부 염증을 앓았는데 제대로 치료를 안 하고 별것 아니니 그냥 낫겠지 하다가 세균이 뇌까지 들어가 버리는 바람에 허무하게 죽은 것이다. 기절을 두 번이나 했는데도 병원 가는 걸 거부했다고 한다. 세 번째 기절했을 때에야 병원에 실려 갔는데 이미 손쓰기에 늦은 것이다. 병원 의사는 간단히 치료되는 염증을 방치한 어리석음 때문에 죽게 되었다고 했다.

병원에서 사망하는 경우는 법적으로 사망자를 집으로 데려갈 수 없고 병원에서 장례식 전까지 있게 되어 있다. 오전부터 오후 네 시까지 제한된 시간에 방문해서 죽은 이를 만날 수 있다. 사흘이 지나 그의 장례식이 동네 성당에서 치러졌다. 그는 사십이 넘었지만 결혼하지 않아 가족이 그의 홀어머니와 누나밖에 없었다.

나는 남편과 그의 집에 놀러 가곤 했었는데 함께 사는 그의 엄마는 늘 똑같은 소매 없는 원피스 모양의 앞치마를 두르고 있었다. 8년 동안 같은 앞치마였다. 푸른색 바탕에 꽃무늬가 있는 것인데 낡고 탈색이 되었는데도 여름이고 겨울이고 한결같이 두르고 있었다.

나는 장례식에서 그녀가 앞치마 두르지 않은 모습을 처음 보았다.

그녀가 낡은 앞치마를 두르고 있는 모습을 볼 때마다 예쁜 앞치마를 선물하고 싶었었는데 낡은 앞치마를 두르지 않은 그녀의 모습이 더 안타까워 보였다. 젊은 나이에 남편을 일찍 떠나보내고 이제 아들마저 떠나보내야 하는 슬픔이 클 텐데도 그녀는 손수건으로 눈물만 조용히 훔쳐내며 속으로 삭히고 있었다. 그녀의 딸은 동생이 죽기 전 입원 기간 동안 병원에서 밤새 지키고 아침에는 직장을 나가며 정성을 쏟았었다. 동생이 숨을 거두자 왜 하찮은 병을 키워서 죽느냐며 동생의 뺨을 여러 차례 때렸다고 한다.

성당 장례 미사가 끝나자 죽은 이의 관이 실려 나갔다. 많은 이들이 관에 손을 대며 묘지로 가기 전 보는 마지막 작별 인사를 했다. 그리고 다 함께 박수를 치는 것이었다. 나는 이런 박수는 처음 보았다. 죽어 세상을 떠나는 이에게 박수를 보내는 것이었다. 노환으로 돌아가신 분의 장례식에서는 박수를 치는 경우를 보지 못했는데 아마 아직 젊은 사람의 갑작스런 죽음이라 젊어 죽은 영혼과 그의 가족들을 격려하려는 의미인 것 같았다.

가톨릭 종교의 이태리 사람들은 죽은 이가 평안한 파라다이스로 간다고 믿고 있어 다시 볼 수 없는 이별은 슬퍼도, 죽음 자체를 슬퍼하지는 않는 것으로 보였다. 좋은 곳으로 떠나는 이에게 환송식을 하듯 박수를 보내는 것이었다.

장례식이 끝나고 집으로 돌아온 나는 그날 하루 종일 우울했다. 자꾸 그 박수 소리가 귓가에서 맴돌았다. 나는 죽어서야 박수 받는 인생이 되고 싶지 않다는 생각이 들었다. 이 생에서 박수 받아야 떠날 때도 박수 받을 자격이 된다고 생각했다.

진짜 박수는 선을 베풀고 사랑을 나누는 이가 받는 거라고 생각하고 있다. 사회와 인류를 위해서도 득이 되는 일을 하는 이. 자기 가족을 훌륭하게 가꾸는 이. 그런데 나는? 우울해지지 않을 수 없었다.

남편에게 일감을 가끔 주는 이태리 여행사가 동네에 있어 나와 남편은 일관계로, 아니면 오가다 커피나 같이 나눌 겸 그 여행사를 종종 들르곤 했다. 그런데 그 여행사의 직원이 돌연 자살을 했다. 비닐을 얼굴에 뒤집어쓰고 질식사를 했다는 것이다. 여행사 사장은 그 직원이 죽자 그가 회사 돈을 횡령한 것이 드러났다고 했다. 전부인과 이혼하고 새 여자하고 살고 있었는데 전부인 위자료며 여러 가지 빚이 많았다고 한다. 빚 스트레스에 시달리다 자기 일하던 회사 돈까지 횡령하고 횡령 사실이 드러나기 전에 목숨을 끊은 것이다. 그의 장례식은 가지 않았지만 그에게는 박수를 보내지 않았을 것 같다.

라티나의 묘지.

이태리에서는 한국처럼 장례식에서 부조금을 받는 경우는 없다. 성당에서 가톨릭식으로 행해지니 크게 비용이 들어가지 않을 것 같지만 성당에 감사금을 내야 하고 관도 사야 되고 관을 실을 리무진의 렌트비와 그 리무진을 장식할 꽃에도 비용이 든다. 그리고 사망할 경우 동네에 사망 소식을 알리는 전단지를 붙이는데 이 전단지 비용도 내야 한다. 그리고 묘지 사용료를 내야 한다. 보통 삼사천 유로 정도 한다고 한다.

대부분 서랍장처럼 생긴 묘지를 이용한다. 보통 네 층부터 일곱 층까지 이루어져 있고 중간층이 제일 비싸다. 남편의 친할머니와 친할아버지가 계신 층이 위층이라 꽃을 새로 갈아주려면 묘지에 배치되어 있는 이동 사다리를 이용해서 올라가야 한다. 돈이 많은 사람은 묘지에 따로 가족 묘지를 살 수 있다. 까펠라(capella)라고 해서 마치 아주 작은 교

동네의 교통 사고 많은 지점에 세워진 까펠라. 사고 안 나게 지켜준다고 믿고 있다.

214

회 같은 분위기로 만든다. 고급 대리석을 이용해서 멋있게 꾸며졌다.

개인용 카펠라도 있다. 한 평 남짓한 실내 공간을 죽은 이 가족이 원하는 대로 꾸밀 수 있다. 그중 한 곳은 십 대의 아들이 죽어 그가 쓰던 책상과 그의 소지품을 그대로 옮겨 꾸며 놓았다. 벽에는 그의 사진을 크게 확대해서 걸어놓았는데 오토바이를 타고 있는 모습이라 아마 오토바이 사고사인 것 같았다.

라티나에 새 묘지터를 확장하면서 아이 묘지터를 따로 만들었다. 반원형 모양의 실내 묘지로 역시 서랍장 묘지 형태인데 이 공간은 마치 전체가 어린이방처럼 풍선이나 장신구들로 꾸며져 있다.

모든 묘마다 그 묘에 묻힌 이의 사진을 붙이는데 아이 묘지터에 한 서랍묘 앞에 막 태어난 아기 사진도 있었다. 이 아기 사진 밑에 써 있는 태어난 날과 죽은 날이 하루 차이였다. 하루밖에 살지 못하고 떠나다니…….

묘비는 서랍장 묘지 앞부분에 대부분 얇은 대리석을 붙여 사진과 출생일 사망일을 기록하고 또 고인하게 하고 싶은 말, 혹은 고인이 유언처럼 했던 말을 적어 놓는다. 남편의 친척 한 분이 바로 얼마 전에 돌아가셨는데 그분 묘석에 마음을 찡하게 울리는 글귀가 쓰여 있었다.

내가 죽는 것이 아니라 단지 멀어지는 것일 뿐이라네.

슬퍼하지 말고 나를 기억해 주게나. 당신들 마음속에 항상 남아 있을 내 미소를.

서랍장 묘지 사용료가 부담스러운 사람은 땅에 묻고 비석을 세우는 묘지를 이용한다. 묘지 사용료를 안내도 된다고 한다. 나는 이렇게 땅 밑에 묻고 비석을 세우는 일반적인 묘가 더 나을 것 같은데 가난한 이태리 사람들이 이렇게 묻힌다는 것이었다. 땅에 묻으면 옆의 시신과 여유 공간 없이 너무 바짝 붙어야 하고 땅 밑은 습기가 많아 시신이 얼마 지나지 않아 다 부식해 버린다는 것이다. 그래서 3년이 지나면 땅을 파서 시신의 남아 있는 뼈를 추슬러 아주 작은 상자에 담고 묘지에 마련된 아주 작은 서랍장 묘지로 옮긴다고 한다.

오토바이 사고로 아들을 잃은 남편 친구가 아들을 땅에 묻고 비석을 세웠다. 아들 묘지를 아주 작은 꽃밭처럼 꾸며 놓고 작은 모형 오토바이를 세워 놓았다. 잘생긴 아들의 사진이 묘석에서 활짝 웃고 있다. 3년 동안만 그렇게 있을 수 있다는 거였다.

아무튼 사는 게 혼돈스러워질 때 한 번씩 동네 묘지를 찾아가야겠다는 생각을 해본다. 사는 것이 어떻게 마무리되는지는 확실히 볼 수 있는 곳이기에.

한국, 전쟁 났다며?

"한국, 전쟁 났대!"

옆집 엘리사가 심각한 표정으로 말했다. 텔레비전 뉴스에서 한국 남북 간에 전쟁이 났다고 보도되었다고 했다. 엘리사의 남편이 군인 이라 뉴스를 매일 빠짐없이 보기 때문에 어디 전쟁 났다는 소식은 그 녀 집안의 제일 예민한 이슈이다.

나는 뉴스에서 자주 보도되는 북한 핵에 관한 것이겠거니 하고 그 냥 씩 웃었다. 남북 간 긴장감은 외국에서는 심각해 보여도 정작 한 국 사람한테는 너무 오래된 긴장이라 무뎌진 감이 있어 웬만한 보도 를 들어도 또 그런가 보다 하고 반응하게 된다.

엘리사는 걱정도 안 하는 나를 보고 정색하며 텔레비전 보도를 보 라고 했다. 순간 속으로 설마 진짜인가 하는 불안감에 뉴스채널을 켰 다. 한국의 마을 하나가 실제 폭격을 당하는 장면이 계속 반복해서 나왔다. 유선 방송 여러 개의 뉴스채널을 다 들어보았다. CNN, BBC 뉴스에서도 북한의 남한 공격을 메인 뉴스로 계속 반복해 보도했다.

외국인이 들으면 전쟁이 이미 난 것처럼 들릴 만큼 심각하게 보도하고 있었다.

특히 미국 뉴스 방송은 북한이 대화를 할 수 없고 거짓 약속을 반복하는 '크레이지'라 더 심각한 공격을 할 가능성이 많고 그러면 한국 전쟁이 아니라 국제 문제가 되어 세계적으로 여파가 클 거라고 흥분했다.

동네 슈퍼에 가도 미용실에 가도 세탁소에 가도 한국의 전쟁 분위기를 물어보며 텔레비전 뉴스보다 더 상세한 내용을 내게 직접 듣고 싶어 했다. 나는 가뜩이나 이태리에서 기죽고 사는데 같은 민족끼리 전쟁을 하는 나라라는 이미지가 꼬리표처럼 붙어 있다는 사실에 더 우울해졌다.

집 밖에도 나가기 싫었다. 유치원 선생이나 다른 엄마들도 내게 똑같은 질문을 하고 싶어 하는 눈치라 아들 유치원 보내는 마음도 편치 않았다. 자기 나라가 가진 힘만큼 어깨에 힘을 줄 수 있다는 걸 외국에서 사는 한국인들이라면 대부분 공감할 것이다.

그리고 외국에서 사는 한국 사람이라면 다 경험하게 되는 게 또 있다. 외국 사람들이 한국 사람인줄 모르고 국적을 물어볼 때 예전에 일본인이냐고 먼저 물었다. 아니라고 하면 그럼 중국인이냐고 물었다. 아니라고 하면 그럼 한국인이냐고 물어봐주면 좋겠지만 그 다음은 추측을 포기하고 그럼 어느 나라 사람이냐고 물어본다. 한국인이라고 하면 거의 대부분 첫 질문이 남한이냐 북한이냐, 이다. 나는 이 질문을 받을 때마다 나 자신의 부끄러움처럼 창피했다.

중국이 자유 경제를 시작하면서 세계 시장을 무섭게 파고들어 중국의 파워가 경제적으로 높아지고 그러면서 엄청나게 많은 중국인들이 세계 곳곳으로 이동했다. 우리 동네에도 많은 중국인들이 산다. 그들은 주로 중국 식당 아니면 중국 상품 위주의 가게를 운영한다. 경기가 안 좋아지면서 많은 이태리인 가게가 문을 닫는 곳이 많은데 다시 그 가게가 개업을 할 때는 가게 앞에 빨간 등이 걸리는 곳이 많다. 중국인 손에 넘어간 것이다.

유명한 이태리 마피아처럼, 보이지 않는 중국인 마피아가 야금야금 장악하듯 파고드는 것 같다. 얼핏 들은 바로는 돈 많은 마피아가 가게들을 사서 중국에서 건너온 이에게 넘겨주고 매달 돈을 받는 형태로 운영된다고 했다. 로마의 중앙역 근처는 차이나타운이라고 불러도 될 정도로 중국인 가게들이 빽빽하다. 어떻게 저렇게 한 지역을 집중적으로 장악하며 타운을 이룰 수 있는 것인지 궁금하다. 그만큼 중국인 마피아가 힘이 세다는 건가, 아니면 중국인들 고유의 단결력 때문인가, 알 수가 없다.

보통 외국에서 사는 한국 사람들은 서로 밀치고 자기만 잘되려고 하고 중국인들은 외국인들에게는 폐쇄적이지만 자기네들끼리는 뭉쳐서 서로 도와준다는 말을 하기도 한다. 중국인들의 진짜 속 내막은 잘 모르지만 한국인들끼리 뭉치지 못하는 것은 슬프게도 사실이다. 그래서 외국에 사는 한국인들 개개인이 나처럼 외로운 이가 많은 것이다. 나라 떠나 가족 없이 외국에 살면 같은 한국인들끼리 가족 같은 분위기로 지내면 많은 위안이 되련만 어떤 이득 관계 없이 순수하게 정을 나누는 이들은 찾기 어렵다. 그래서 관계가 쉽게 어그러지는 경우가 많고 한쪽이 피해의식으로 등을 돌리게 되는 경우들도 많다.

아무튼 중국인이 자기네끼리는 잘 뭉치는지 몰라도, 이태리에서는 골칫거리이기도 하다. 불법 밀매와 불량 상품 판매로 적발되는 뉴스가 심심하면 한 번씩 보도된다. 체류 허가증도 없는 중국인 미용사들을 쓰며 이태리의 비싼 미용실 요금의 절반도 안 되는 가격으로 고객들을 끌어 모은 얘기가 보도되기도 했다. 뉴스에서 아무리 중국인들의 비양심적 행위들이 보도돼도 이태리 아줌마들은 가격이 싼 동네 중국인 가게를 즐겨 간다.

그리고 어떤 종류의 물건을 구입해도 대부분 중국에서 만든 거니 외국인들에게 동양하면 일본이 아니라 이제 중국부터 떠오르는 모양이다. 이제는 어느 나라 사람이냐고 묻는 질문도 잘 받지 않는다. 으레 중국인이겠거니 한다. 재래시장을 가면 내게 니하오, 하고 중국 인사를 하면서 물건을 팔려고 한다. 예전의 '곤니찌와'에서 '니하오'로 바뀐 것이다.

일본인이나 중국인은 외국에서 기죽고 살지는 않아 보였다. 일본은 동양의 대표적인 선진국이라 외국에서 무시하지 못한다. 캐나다에서 친했던 일본 친구들과 캐나다 사람들 파티 같은 곳에 가면 묘하게 사람들이 한국보다 일본에 더 호감을 보이곤 했다. 한국보다 일본이 힘이 있어서 그런 것처럼 느껴질 때가 많았다.

중국인들은 자기네 나라 덩치가 크니까 그것만으로도 자부심을 가지고 있는 것 같아 보였다. 일본인들은 외국인을 이유 없이 무시하지는 않는데 중국인들은 중국인들의 우수성을 학교에서 세뇌 교육이라도 받는지 외국인들을 무시하는 기세로 기를 당당히 펴고 산다. 한국인들이 외국에서 기를 펴고 살기는 쉽지 않다. 아무리 한국 대기업의 전자 제품이 세계 시장에 뻗어 있어도, 올림픽을 하고 월드컵까지 했어도 아직도 한국인이 기를 펴고 살 만큼의 충분한 나라 이미지가 만들어지지 않았다.

북한이 이해할 수 없는 공산 체제를 가지고 있고 그곳 사람들이 생활난에 시달리고 있다는 것은 일반적으로 알려져 있지만, 남한이 얼마나 풍성하게 먹고 사는지는 잘 모르는 이가 많다. 일단 같은 식구끼리 싸우는 남북한 정치 형태가 외국인 눈에 문제 국가로 보이는 데다, 북한이 그렇게 못사니 남한도 크게 다르지 않을 거라고 짐작하기도 한다. 많은 이들이 아직도 한국이 어디에 있는지 몰라 묻는데 중국과 일본 사이에 있다고 설명해야 할 때 마음이 씁쓸하다.

절대 일어나서는 안 될 상황이지만 만약 한국에 진짜 전쟁이 일어날 경우를 상상해 보기도 했다. 이제는 핵이 동원될 수 있는 전쟁이니 어떤 전쟁의 모습을 상상해야 할지도 감이 안 잡히지만 단 한 가지 분명한 것은 한국이, 내 조국이 만약 세계지도에서 없어지기라도 한다면 내 존재감도 끝장이라는 것이었다.

아무리 내가 이태리 여권을 가지고 있다 해도 내 얼굴과 정신은 내 피처럼 바뀔 수 없는 한국인이니 한국이 없어지면 나도 없어지는 것이다. 숨 쉬고 더 살 수 있을지는 몰라도 정체성이 사라진 껍데기가 될 것이다.

그러니 제발 한국이여 무사히 있어주시길. 통일에 대한 현실성을 느끼기가 힘드니 제발 갈라진 채로라도 평화롭게 지내주시길.

이혼하면 쪽박 차는 이태리 남자들

이태리 최고의 부자인 베를루스코니가 몇 해 전 이혼했다. 그가 바람둥이라는 것을 모르는 이가 없으니 그의 부인이 결국 이혼을 요구한 것이다. 베를루스코니와 잔 젊은 여자들이 버젓이 잡지에 섹시한 포즈 사진과 함께 실리기도 한다. 그녀들은 활짝 웃음을 지으며 베를루스코니와 하루 자고 얼마를 받았는지도 얘기한다. 멋진 차 한 대 뽑을 수 있는 돈이었다.

하룻밤에 고급 승용차 값을 쓸 수 있는 남편과 이혼한 부인이 매달 받는 위자료가 한때 사람들의 수다거리가 되기도 했다. 나는 듣고 입만 쩍 벌리고 말았다. 매달 그 엄청난 돈을 어떻게 써야 할지 고민될 것 같았다.

베를루스코니는 이태리 최고 부자이니까 그렇게 엄청난 액수의 위자료를 매달 준다고 해도 그의 주머니 사정이 나빠지진 않을 것이다. 그러나 이태리에는 이혼하고 쪽박 찬 남자들이 많다. 이태리에선 한 집안에 어머니의 파워가 커서 그런지 이혼법이 여자들에게 매우 유리하다. 이혼하면 남편 재산의 상당 부분을 법적으로 가질 수 있게 된다. 아이가 있는 경우는 거의 엄마에게 양육권을 넘겨준다. 그 아이의 양육비를 따로 매달 받아낼 수 있다. 한 번 이혼해도 남편 경제상황이 안 좋아지는데 두 번, 세 번 이혼하는 남자들은 그야말로 쪽박신세가 되는 것이다.

내가 남편과 결혼하고 몇 달 정도 지났을 때 남편이 무슨 서류를 내게 보여주었다. 남편이 결혼 전 산 지금의 우리 아파트를 남편과 나의 공동 명의로 바꾸었다는 서류였다. 그는 이태리 남편들이 이렇게 자기 소유에 아내 이름을 함께 넣어주는 경우는 별로 없다는 것을 알아주기 바란다고 했다. 그는 우리의 결혼을 자신이 얼마나 신뢰하는지를 보여주고 싶었다고 했다.

감동을 느껴야 되는 순간이었지만 나는 우리 아파트가 팔아도 큰돈이 안 되는 액수인지라 그다지 감동이 오지는 않았다. 게다가 아파트를 융자를 받고 사서 아직 갚을 빚이 많이 남은 상태이니 여차해서 그가 갚아나가지 못하면 책임이 나한테로 오는 불리함까지 있었다. 무엇보다 그때는 신혼이라 이혼할 가능성을 제로로 생각할 때였으니 서류상 아파트 절반이 내 소유라는 게 의미가 없었다.

하지만 남편의 형네 부부를 생각하면 내가 내 집 절반의 소유자라는 것 자체가 뭔가 든든한 것이었다. 남편 형은 그의 부모님 집에 얹혀사니 그에게는 그만의 재산이란 게 아예 없다. 이렇게 재산이 없는 남자와 이혼하면 법적으로 받아낼 위자료가 거의 없다. 남편의 형수는 남편에게 화나는 일이 생겨도 이혼할 용기가 쉽게 생기지 않을 것이다.

이태리가 가톨릭 국가라 이혼 자체가 거의 불가능했던 시기도 있었다. 이태리 사람들은 다른 유럽 사람들과 달리 보수적이라 부부 관계가 좋지 않아도 남의 시선을 의식하면서 참고 살았다고 한다. 그리고 설사 법적인 이혼을 요청해도 그 법이 까다로워 이혼 사유가 아주 심각한 경우에만 이혼을 성립시켜 주었다고 한다. 그러나 산업사회로 성장하면서 여성의 사회적 지위가 높아지고 이혼하는 부부들도 많아졌다. 그래도 여전히 이태리에서 이혼은 절차가 까다롭고 시간도 3년이나 걸린다. 3년이란 이혼 수속 기간을 두는 게 3년 동안 다시 부부가 마음을 돌이켜 화해할 가능성을 주는 기간인지도 모른다.

남편 형수의 여동생은 그 3년 이혼 수속 기간 동안 다른 남자 만나 임신하고 애까지 낳았다. 그런데 아직 법적으로 이혼녀가 아니라서 새 남자와의 결혼식을 뒤로 미루고 있다. 이혼 수속 과정에 돈이 드는데 이 돈이 없어 이혼을 못하는 남자도 있다. 내가 아는 어느 이태리 여성은 열 살 연상의 남자와 동거하며 딸을 낳고 살고 있는데 남자가 전처와 이혼하기 위한 돈이 없어서 법적인 이혼을 못하고 있다고 했다. 큰 액수의 돈이 아니어도 그 정도의 돈도 없는 이들이 많이 있다.

그들 부부는 이태리 정부에서 수입이 없는 가정을 위해 지어준 아파트에 살고 있다. 공짜로 사는 것이다. 경제난에 시달리는 가정이 수없이 많겠지만 정말 운이 좋으면 이런 정부의 혜택을 받기도 하는 것이다.

그럼 그런 아파트에 사는 가정들이 정말 아무 일정 수입이 없을까? 이태리에서 거짓말은 개인과 사회와 국가에 뿌리 깊게 깔려 있다. 그런 아파트에 사는 사람들이 '라보로 네로(lavoro nero, 검은 일)'라고 하는 나라에 신고도 안 하고 세금도 안 내는 일을 한다. 수입이 있는 가정이 되면 더 이상 그 정부 아파트의 혜택을 받지 못하고 쫓겨나기 때문이다.

이들 부부도 식당을 운영하고 있다. 아파트는 여자 이름으로 되어 있고 남편과는 결혼한 사이가 아니니 남편 이름으로 식당을 임대해 운영하는 것이다. 수입이 얼마 되지 않아 매달 생활비 쓰기에도 빡빡하다고 했다. 아무리 빡빡해도 남편 전부인과 이혼시킬 돈도 없나 싶기도 하다. 아니면 남편 쪽에서 다시 정식 결혼하는 것을 피하려고 하는지도 모른다.

동거가 정식 부부와 다르다는 것을 이들 부부가 잘 보여주는 케이스 같은데 아내는 남편을 언제든지 남남이 될 준비가 돼 있는 것처럼 대하곤 한다. 남편이 딱해 보일 정도로 소리 지르며 막 대하고 남들 앞에서도 서슴없이 남편을 비하한다.

그녀가 입버릇처럼 떠들어대니, 그녀의 남편이 돈이 없어서 이혼도 못한 남자이고 전부인과의 사이에서 난 이십 대의 아들이 있지만 서로 연락도 잘 안 하고 지내며 젊은 날을 마약과 여자로 보냈다는 걸 주위 사람들이 다 안다. 남편은 식당에서 요리사로 일하지만 그 외의 가정 일에 대해서는 늘 뒷짐 지고 거드름 핀다. 그들 부부를 보면 법적으로 부부 사이가 되는 게 남편과 아내의 관계를 든든하게 받쳐주며 서로에 대해 책임과 의무를 갖게 한다는 확신을 가지게 된다.

하지만 많은 이태리 남자들이, 특히 경제적으로 기반이 잡혀 있는 이들이 여자와 정식 결혼하지 않고 동거만 하고 있다. 결혼한 부부와 똑같이 지내며 아기도 낳지만 결혼식은 하지 않는 것이다. 동거란 서로에 대해 많은 책임을 가지고 싶지 않은 이들이 하는 것이지만 이태리 남자들 머릿속엔 또 하나의 계산이 들어가 있는 것이다. 만약 이혼하게 될 경우, 자신의 재산이 여자에게 넘어가는 것에 겁을 먹고 있는 것이다. 이태리도 이혼률이 계속 높아지고 있어 만약의 경우들을 생각하는 이들이 많다.

옆집 엘리사의 오빠도 동거녀와 결혼하지 않고 아들을 낳고 살고 있고 엘리사의 남편의 여동생도 사귀던 남자 친구의 아기를 낳고 그냥 같이 살고만 있다. 남편의 개인 변호사도 루마니아 여자 친구과 십 년도 넘게 동거만 하면서 지내고 있다. 그는 물려받은 유산도 많은 이라 루마니아 여자 친구에게 부모 재산을 뺏길 위험을 만들고 싶지 않은 모양이었다.

내가 아는 예비 사진작가 여자가 있는데 그녀는 동거하는 남자와 정식 결혼하고 싶어 남자를 조르는데도 남자는 늘 뒤로 빼기만 한다고 속상해했다. 상대방에 대한 책임과 이혼에 대한 두려움만 없다면, 이태리의 젊은 연인들은 결혼하기가 너무 쉽다. 한국처럼 종교가 달라 두 집안이 반대하는 경우도 없다. 한국처럼 사주를 따지다 파탄 나는 경우는 더더욱 없다. 한국처럼 혼수 스트레스도 없고 두 사람의 학벌 차이로 부모가 반대하는 경우도 없다. 정말 상류층이 아닌 다음에는 직업의 귀천 때문에 부모가 반대하는 경우도 없다.

하지만 이혼으로 쪽박 차기 싫은 이태리 남자들은 결혼을 안 하고 동거만 하거나 동거를 오래 해보고 나서 결혼을 결정한다. 물론 동거하지 않고 데이트만 하는 연인들도 많지만 거의 잠자리를 함께하는 사이니 같은 집에 안 살아도 동거나 마찬가지인 사이가 된다.

남편 고모의 딸이 연애 좋아하는 아가씨이다. 미술에 소질이 많아서 미술대학에 입학했는데 공부 대신 돈 벌고 싶다며 대학을 중도 포기했다. 그녀가 좋아하는 쇼핑을 위해 돈을 벌고 싶은 것이었다. 주로 레스토랑에서 서빙 일을 했다. 그러면서 남자 친구를 사귀기 시작했는데 얼마 안 지나서 또 다른 남자 친구로 바뀌었다. 내가 어쩌다 그녀를 만날 때면 매번 남자 친구가 바뀌어 있었다. 그중엔 대마초를 하는 이도 있어 아마 그녀도 함께 대마초를 즐겼을 가능성이 많다.

이태리 북쪽에 리미니라는 멋진 해변과 큰 규모의 어린이 놀이동산으로 유명한 곳이 있는데 그녀는 그곳의 한 레스토랑에서 한 여름을 일하기도 했다. 물론 그곳에서도 남자를 만났다. 여름이 지나고 그녀가 집으로 돌아왔는데 그곳의 남자 친구가 그녀를 만나기 위해 다섯 시간이나 운전해 찾아오곤 했다.

그녀의 집에 그녀의 남자 친구가 찾아오면 엄마와 언니 앞에서도 아무 거리낌 없이 입맞춤을 진하게 나눈다. 엄마와 언니 역시 개의치 않는다. 나는 남자 친구가 그녀의 허리를 뒤로 꺾으며 입을 맞추는 게 금방 뒤로 넘어질 것 같아 조마조마했고, 엄마나 언니 앞에서 저렇게 대담할 수 있는 것에 어리둥절했었다.

그런 두 사람도 오래가지 않았다. 그녀는 헤어져도 언제나 다음 남자가 있다는 자신감 때문인지 아무렇지 않아 했다. 계속 부지런히 아르바이트 일거리를 찾아내 일했다. 연애 박사이지만 젊은 나이에 게으름 피우지 않고 계속 일을 하는 것은 좋아 보였다. 한번은 그녀의 생일 파티 사진들을 보여준 적이 있는데 남녀 친구들이 어울려 파티를 즐기는 사진들 가운데 그녀가 상의를 다 벗고 두 손으로 가슴을 가린 사진이 있었다.

그렇게 개방적으로 즐기던 그녀가 한 남자한테 완전히 마음을 뺏겼다. 그녀의 리미니 남자친구는 귀엽고 잘생겼었는데, 그녀가 사랑에 푹 빠진 남자는 키는 크지만 인상은 별로인 남자였다. 두 사람이 말다툼을 했을 때 남자가 먼저 헤어지자고 했는데, 지금까지의 그녀는 아무렇지 않게 헤어졌지만 이 남자가 헤어지자고 하자 밤새 울었다. 그동안 남자를 우습게보던 그녀가 이 남자한테는 무릎 꿇고 애걸이라도 했는지 얼마 지나지 않아 두 사람이 본격적인 동거에 들어갔다. 동거만으로는 불안해서 그녀가 결혼하자고 조르기 시작했고 튕기던 그가 어떤 마음이 들었는지 그러자고 했다.

이태리는 보통 결혼 전 몇 년을 약혼 관계로 보내는데 만난 지 얼마 안 되어 결혼하는 사람들의 결혼을 신중하지 않은 결정이라고 생각하기 때문이다. 그래서 그녀가 친지들에게 결혼 소식을 알렸을 때 대부분 속으로 오래가지 못할 결혼이라고 생각했다. 시청에서 간단하게 결혼 서약을 했고 성당 결혼식은 돈이 많이 들어 생략했다.

그녀가 결혼하고 바로 임신했다. 친지들은 말로는 축하를, 속으로는 그녀의 앞날을 더 걱정했다. 천방지축인 그녀를 잘 알기 때문이었다. 그녀의 남편은 바를 경영하기 시작했다. 그 바는 그 남편의 삼형제와 남편의 부모가 함께 일하는 곳이었다. 이태리에서는 이렇게 가족이 다 함께 사업을 하는 경우들이 많다.

그녀는 결혼 전 바에서 일한 경력이 많아 남편 식구들의 바에서도 솜씨를 보이며 일을 했다. 바 일이 바빠 신혼여행을 미루다가 결혼 후 몇 달이 지난 후에야 스페인의 한 섬으로 신혼여행을 떠났는데 남편이 신혼여행에 그의 막내 남동생과 그의 결혼식 증인을 해주었던 여자 친구를 함께 데리고 갔다.

남편 고모의 딸은 신혼여행에서 남편과 대판 싸웠고 그녀의 엄마에게 전화해서 울면서 아기를 수술로 지워버리고 이혼하겠다고 했다. 남편 고모는 내게 전화해서 이 소식을 알리며 우셨다. 나는 고모에게 신혼여행에 동생과 친구를 데려가고 임신한 아내에게 막 대하며 싸우는 그놈을 이태리에 돌아오면 따끔하게 야단치라고 흥분했다.

딸을 시집보낸 엄마의 심정을 모르고 한 소리였다. 고모는 이태리로 돌아온 사위를 달래듯 잘 대해 주었고 그들은 신혼여행에서 이혼할 뻔했다가 위태롭게 다시 살고 있다. 고모의 딸이 이혼한다고 해도 남편이 아버지 명의로 되어 있는 바에서 그저 일하는 종업원이나 다름없어 받을 위자료도 없다. 게다가 그녀의 시어머니는 그녀의 친정 엄마가 오랜 교직 생활 후 정년퇴직해서 퇴직금 목돈을 가지고 있다는 걸 계산해서 은근히 사돈이 집을 장만하기를 바라고 있다.

나도 그녀를 생각하면 다른 친척들처럼 언젠가 싱글맘이 될 것 같아 걱정이 앞선다. 그녀가 재산이 있는 남자와 결혼했다면 걱정이 덜 되었을 것이다. 남편을 쪽박 차게 하더라도 엄마와 아기는 적어도 생활난 걱정은 하지 않아도 될 테니까.

하지만 이태리 여성들은 한국 여성보다 더 성질은 있어도 덜 약아서, 부자 남자를 남편감의 중요한 기준으로 삼지는 않아 보인다. 어쩌면 재산을 안 뺏기려고 남자 쪽에서만 약게 계산하는지도 모른다.

나의 건망증은 우울증인가?

보통 아이를 낳고 나면 건망증이 생긴다고 하지만 나의 건망증은 어렸을 적부터 시작된 것이었다. 비 오는 날 우산을 들고 나갔다가 비 그치면 여지없이 우산을 잊어버리고 집으로 돌아왔다. 초등학교, 중학교 다 걸어서 갈 수 있는 학교를 다녔는데 학교로 가는 길에 숙제 노트나 준비물 등을 집에 두고 온 게 생각나 수시로 발길을 집으로 돌려야 했었다.

어른이 되어 사회생활을 하면서도 내 건망증은 고쳐지지 않았고 특히 내가 해외여행 인솔자 일을 할 때 내 건망증 때문에 곤경에 처했던 적이 종종 있었다. 한번은 중국 출장을 가는 날이었다. 인천공항에서 손님들에게 보딩패스를 다 나눠준 후 나 역시 출국 심사를 통과해서 탑승 게이트에 도착했을 때였다. 그제야 나는 중국에서 한국으로 돌아오는 손님들의 티켓과 중국 현지에서 써야 될 출장비를 넣어둔 작은 회사 가방을 출국 검사 시 엑스레이에 통과시키고 그대로 놓고 온 게 생각났다.

탑승 십 분 전쯤이었다. 내가 탈 게이트와 출국 심사하는 곳까지 거리가 상당해서 뛰어도 십 분 안에 해결할 자신이 없었다. 하지만 내가 티켓을 그대로 놓고 비행기를 타면 손님들이 한국으로 돌아오는 데 문제가 생기고 모든 경비를 다 물어야 할 걸 생각하니 눈앞이 노래졌다. 내가 가방을 되찾으러 갔다 오는 사이 나 없이 손님들만 탑승해서 중국으로 가버리게 되는 상황도 끔찍하긴 마찬가지였다.

나는 어느 상황이건 너무 끔찍해, 일단 생각과 상상을 멈추고 전력을 다해 출국 심사하는 곳으로 달렸다. 평상시 운동을 안 해 숨이 턱턱 막혔다. 가방 엑스레이 검사 통과하는 곳이 여러 곳이라 어디였는지 금방 감도 안 왔다. 공항 직원에게 사정해서 아예 일단 밖으로 나왔다. 그리고 내가 들어간 출국 심사 문을 찾아 다시 되들어갔다.

천만다행으로 가방을 공항 직원이 보관하고 있었다. 머리 숙이며 감사하다고 인사한 후 내 탑승 게이트로 다시 전력을 다해 뛰었다. 이미 탑승 시작 시간이 지났기 때문에 마지막 승객으로라도 탈 수 있기만을 바라면서 숨이 넘어가게 뛰었다.

탑승 게이트에 도착했을 때 내 눈을 의심했다. 내 손님들과 다른 승객들이 여전히 다 바깥에서 탑승 대기를 하고 있었다. 내가 전력 왕복 달리기를 하는 동안 비행기가 연착하고 있었던 것이었다. 그리고 내가 도착하자마자 탑승 안내 방송이 시작되었다. 나는 안도의 한숨을 쉬고 뻔뻔한 연기를 하며 손님들을 챙겨 탑승했다. 정말 아찔한 추억이다.

나는 결혼 전에 남편에게 내가 건망증이 심한 편이니 이해해 달라고 부탁했다. 남편은 이해해 주겠다고 했고 그 약속을 잘 지켰다.

결혼 후에도 역시 뭐든지 잘 잊어버리고 어디다 두었는지 잘 기억하지 못했다. 사람과의 약속도 적어두지 않으면 잊어버리고 했다. 옛날 캐나다에서 친했던 한 일본 친구와 어느 장소에서 만나자고 해놓고 잊어버리고 안 나갔던 적이 있었다. 다음 날 그녀가 내게 전화해서 왜 안 나왔냐고 했을 때에야 아차 했다. 내가 잊어버렸다고 하니 그녀는 더욱 황당해하며 일본인답게 화를 삼켰다. 인자한 그녀가 그때의 나의 잘못을 용서하지 않았다면 우리 우정이 그렇게 끝났을 텐데, 그녀와는 지금까지도 연락하며 잘 지내고 있다.

이태리에서 여행사가 남편 버스 예약을 내게 할 때가 있는데 건망증도 심하고 적는 습관도 부족해서 남편을 곤란하게 만들었던 적도 여러 번 있었다. 집 열쇠를 나가기 전 바깥에서 돌린 후 그대로 꽂아둔 채 외출한 적도 여러 번이었다. 슈퍼에서 장을 보고 계산하고 나면 거스름돈과 계산 영수증만 챙기고 장본 봉투는 그대로 두고 슈퍼를 나오기도 한다.

집 세면대에 대야를 넣고 양말을 빨다 말고 딴 일을 하다 수도꼭지 물이 계속 넘쳐 화장실은 물론 거실까지 물로 젖게 한 적도 있었다. 이태리는 화장실 바닥에 한국처럼 하수구가 없어 항상 신경 쓰며 물을 써야 하는데도 일을 저지른 것이었다. 게다가 우리 집은 거실이 나무 바닥이라 물에 젖으니 나무 결이 갈라지며 부풀어 올라 나중에 집에 돌아온 남편을 속상하게까지 만들었다.

차 운전할 때도 사이드를 안 내리고 운전한 적이 몇 번 있었다. 뒷바퀴에서 바퀴 타는 연기가 풀풀 나는지도 모르고 운전하다 다른 차가 클락슨을 울리며 내게 신호를 주어서야 알기도 했다. 비 오는 날 또 사이드를 안 내리고 한참 운전했더니 결국 자동차 정비소로 보내야 될 상태에 처하기도 했다. 이럴 때는 남편에게 꼬리를 완전히 내린다. 남편의 차는 내가 다 흠집 내고 찌그러트리고 망가트린다.

한번은 남편이 장기 출장을 간 사이 혼자서 스코틀랜드 여행을 가려고 했던 날이었다. 여행 가기 전 집 안을 청소하고 커다란 쓰레기봉투를 버리기 위해 내 여행 가방과 함께 들고 집 밖으로 나섰다. 공항까지 남편 형이 바래다주기로 했기 때문에 남편 형 집까지 운전해서 갔다.

남편 형이 자기 차로 공항에 가자고 해서 트렁크에서 내 여행가방을 꺼내려고 열어보니 커다란 쓰레기봉투만 있었다. 남편 형도 내 건망증을 알고 있어서 놀라지도 웃지도 않았다. 예전에 남편 형과 둘이서 로마에 갈 일이 있었는데 가다가 내가 사골 국을 가스 불 위에 올려놓고 나온 게 기억나 다시 되돌아간 적도 있었다.

남편 형과 내 여행가방을 찾기 위해 아파트로 돌아오니 내 커다란 여행가방이 아파트 현관 바깥에 그대로 놓여 있었다. 내가 좋은 이웃을 두지 않았다면 열쇠를 바깥에서 꽂은 채 비운 적이 많은 내 집이 털려도 여러 번 털렸을 것이다.

나의 건망증을 이해해주는 남편이지만 아기를 낳은 후에는 남편이 걱정을 했다. 내가 혹시 아기를 어디에 두고 잊어버릴까 봐. 옆집 엘리사도 내 건망증을 잘 알고 있어 재미있어만 하다가, 내가 한번은 그녀 집에 놀러갔다가 내 열쇠를 그녀 집의 문에 꽂는 것을 보고는 아무래도 의사한테 가서 약 처방을 받는 게 좋겠다고 했다.

남편이 건망증 약을 사다주어 복용도 해보았지만 뭐가 달라지기는 하는 건지 아무 느낌이 없어 비싼 약에 돈 쓰지 말라고 해버렸다. 곰곰이 생각해보면 내 건망증은 스트레스를 많이 받을 때나 우울증에 빠져 있을 때 더 심해졌다. 결혼 후 외로움 때문에 더 심해졌고 출산 후 육아에 전념하면서는 아무 사회관계를 맺고 있지 않은 또 다른 형태의 외로움 때문에 심해졌다.

남편과도 내면의 의사소통이 잘 안 되어 우울해지고 이 이국 땅에서 이렇게 늙어가고 싶지 않은 마음의 불안정이 내 건망증을 더 부추겼다. 나는 내 심해진 건망증도 이태리에서 생긴 내 우울증 증세라고 여기고 있다. 이렇게 마음의 고장이 많이 나 있는 내가 언제쯤 고쳐질 수 있을까?

띠 아모(ti amo)!

8년 전 결혼식을 올릴 때 남편을 평생 사랑하겠노라 확신하고 맹세했건만 그 거룩한 약속을 나는 가끔 헌옷처럼 벗고 싶어질 때가 있다. 결혼은 벗어나면 자유로워지는 것이 아닌 사랑과 책임의 족쇄라서 손가락에 낀 맹세의 반지처럼 꼭 끼고 있어야 하는데, 빈 깡통처럼 자꾸 차버리려 했던 것이다.

하지만 내가 머릿속으로 자유인이 되어도 그 다음의 길을 찾을 나침반이 없는 게 문제였다. 내가 혼자가 되면 지금의 나보다 더 아무것도 아닌 무가치한 방랑인이 될 뿐이었다.

띠 아모! 누가 또 내게 사랑한다는 말을 온 진심으로 해줄 수 있단 말인가. 흠투성인 나의 못남을 있는 그대로 인정하고 이해하면서 변함없이 '띠 아모'라고 해줄 이를 또 만날 수 있을 것인가. 나는 남편이 나의 뿔난 불만족을 채워주지 못해 울고 괴로워하지만, 그가 항상 말해주는 '띠 아모' 한마디 때문에 나의 위태로움을 지탱하고 있다.

그 한마디 때문에 한국을 떠나 한국 국적까지 포기하고 낯선 곳에서 온갖 불편과 서러움을 느끼며 지냈던 것이었다. 그 한마디 때문에 나를 위한 넓은 자유를 버리고 한 남자의 작은 세계에 머물렀던 것이다.

그 '띠 아모'가 또 다른 생명까지 만들어 나를 엄마가 되게 했고, 늘 난쟁이 크기로 세상을 바라보던 나를 조금은 성장시켜 엄마라는 이름으로 내 이기심의 잔가지를 쳐낼 수 있게 했다.

남편은 가끔 자신의 결혼반지 낀 손가락을 가리키며 자신은 이 반지의 의미를 믿고 반지를 끼던 날의 맹세에 절대 순종하며 살 거라고 말한다. 그래서 이 반지를 같이 나눈 여인을 자신의 가슴속에 평생 두고 자신의 목숨보다 더 사랑할 거라고 말한다.

그는 내가 낯설음에 울고 외로움에 울고 빚에 울 때마다 나도 그에게 '띠 아모'라고 자꾸 얘기하라고 한다. 그 한마디 말만으로도 사람을 슬프게 만드는 보이지 않는 악의 공격을 이길 수 있는 거라면서.

나는 아이에게는 매일 수시로 사랑한다고 말하면서 남편에게는 오래전부터 사랑한다는 말에 인색했다. 그가 '띠 아모'라고 하면 나는 건성으로 '나도 그래'라고 대답하는 정도였다. 아이를 키우다 보면 인간이 본능적으로 갈구하는 게 사랑임을 확실히 알게 된다. 그렇게 아이 때부터 평생 사랑을 갈구하면서 살게 되지만 과연 우리는 삶의 몇 퍼센트를 진짜 사랑을 나누어 주면서 사는 걸까.

우리가 죽는 날 인생을 채점하는 기준이 바로 사랑이 아닐까 생각한다. 좋은 대학, 좋은 직장, 좋은 명성은 마지막 숨이 멈춰지는 순간 제로 상태가 될 것이다. 사람이 살면서 누구에게 얼마만큼 사랑을 주었는지로 그의 점수가 다시 매겨진다고 믿는다.

이 글을 처음 쓰기 시작할 때는 혼자 부르는 노래처럼 여겨졌는데, 글을 쓰면서 남편의 의미, 가족의 의미를 되돌아보는 것 같아 헛된 노래만은 아니었던 것 같다. 무엇보다 나 자신을 더 들여다볼 수 있었던 것 같다. 갑자기 내가 이태리에서 받은 상처가 더 큰지, 받은 사랑이 더 큰지 스스로에게 묻게 된다.

나는 오늘도 오르기 쉽지 않은 현실의 산 중턱을 넘고 있지만 아이와 남편 손을 양쪽에 잡고 가족이라는 이름으로 함께 넘는 기쁨을 생각하려고 한다. 혼자가 아닌 것이 넘치는 복이라는 것을 생각하면서.